(Par Laurent Angliviel de La Beaumelle !)

MES PENSÉES,

AVEC

LE SUPPLEMENT.

NOUVELLE ÉDITION.

A BERLIN.

M. DCC. LXI.

A. M. F.

JE vous dédie ce Livre, mon Cher, parce que je ſais que le meilleur de mes amis eſt le plus éclairé & le plus vrai de mes juges.

Preſque toutes ces Penſées vous appartiennent, parce que je les ai preſque toutes puiſées dans votre converſation.

Eloigné de vous, il me ſemble que ce Livre m'en rapproche.

Quand je ſaurai que je vous occupe, je regretterai moins les plaiſirs que je goûtois avec vous dans ces doux moments où vous m'ouvriez votre cœur.

Si mon Livre vous plaît, j'en ſerai enchanté : s'il déplaît au Public, je n'en ſerai ni fâché ni ſurpris.

Adieu, mon Cher : aimez-moi toujours; & croyez que malgré les liens du ſang, je vous aime auſſi tendrement que ſi je n'étois pas obligé de vous aimer. A Coppenhague, ce 24 Août 1751.

GONIA DE PALAJOS.

I.

UN Ouvrage très-utile, & qui nous manque absolument, c'est un livre sur les projets.

Ce livre seroit très-nécessaire à ce siecle, où le goût des projets est presque un mal épidémique.

Cette matiere est fort vaste; & comme on veut aujourd'hui que les plus grands sujets soient traités dans les plus petits volumes, il faudroit que celui-ci fût traité par un esprit extrêmement précis.

Ce livre seroit sur-tout d'un excellent usage pour les petits Princes d'Allemagne : au moins leur épargneroit-il la dépense d'un Conseil.

II.

L'esprit du siecle est partagé entre deux passions; entre le goût des projets, & le goût des plaisirs.

Qui voudroit analyser ces deux goûts, les réduiroit peut-être à un; le goût des riens : la bagatelle & la chimere ont entr'elles plus d'affinité qu'on ne pense.

Il y a pourtant des différences. Les plaisirs coûtent, & les projets ne coûtent rien : les sources qui étanchent la soif des desirs sont bientôt épuisées, au lieu que les desirs sont inépuisables ; & voilà pourquoi le siecle où les desirs sont les plus variés, est précisément le siecle des projets.

I I I.

Quand l'esprit d'un Peuple n'est pas encore fixé, quand son systême politique n'est pas encore établi, quand son caractere n'est pas encore développé, ou qu'il a été altéré par quelque révolution, il lui faut des faiseurs de projets.

La fureur des projets est peut-être la meilleure preuve de l'enfance d'un Empire, & peut-être aussi le meilleur moyen de l'en tirer.

I V.

Il est bon qu'une Nation ait un caractere distinctif : rien n'en assure mieux l'indépendance contre les entreprises de toute autre Nation.

Mais il n'est pas indifférent que chaque Citoyen ait un caractere à soi : je plains toute Nation qui a un caractere pour le Citoyen.

Rien ne répand plus de diversité dans les caracteres que la diversité des intérêts ; la diversité des intérêts dépend de la diversité des vues, qui à son tour dépend de la diversité des projets : c'est une chaîne.

L'esprit des projets anéantit cet esprit d'imitation, qui ramene toujours le caractere du Particulier au caractere général, au caractere uniforme.

V.

L'état le plus riche, le plus redoutable, le plus heureux, seroit celui dont tous les membres seroient assez hardis pour faire sans cesse des projets, & dont le Chef seroit assez éclairé pour n'en faire jamais aucun.

V I.

Il n'en est pas moins vrai qu'il y a tel Pays où il est bon que le Prince imagine les projets, & où le Sujet n'ait que la gloire de l'exécution.

V I I.

Le Pays où il y a le plus de projets, est toujours le Pays où il y a le plus d'argent ; & le Pays où il y a le plus d'argent, eſt toujours le Pays où il y a le plus d'humanité.

V I I I.

Henri IV aimoit l'argent, mais à la maniere des grandes ames.

Il avoit formé deux projets ; celui de s'emparer du bien de ſes Sujets, & celui de mettre le moindre des payſans de ſon Royaume en état d'avoir tous les Dimanches une poule dans ſon pot : c'étoient ſes termes ; termes ennoblis par le ſentiment.

Ces deux projets s'accordoient parfaitement avec ſa bienfaiſance & ſon avarice ; mais ils ne s'accordoient pas entr'eux.

Je donne au plus habile Roi du monde ce problême politique à réſoudre.

En attendant, le bon Henri concilioit ces deux idées en les exécutant à la fois.

1. Il ſe rendoit maître du cœur de ſes Sujets. 2. Il régloit ſes finances.

I X.

Les faiſeurs de projets ſont trop écoutés & trop décriés.

Trop écoutés : de cent il y en a plus

des trois quarts qui ſe trompent dans leurs calculs, ou qui veulent tromper les autres; foux, ou frippons.

Trop décriés; parce que le bonheur d'un Empire ne tient quelquefois qu'à un projet.

C'eſt un faiſeur de projets qui a changé la face de l'Europe, en établiſſant l'équilibre entre les Puiſſances qui la partagent; un faiſeur de projets, qui a fait de Paris le centre des Arts; un faiſeur de projets, qui a rendu la France une Nation commerçante; un faiſeur de projets, qui a appris à l'Angleterre qu'il opprimoit les principes de la liberté. L'Eſpagne & la Suede ſont épuiſées: deux faiſeurs de projets vont redonner la vie à ces corps étiques & languiſſants. Alberoni eſt diſgracié: Goërtz meurt avec infamie, s'il pouvoit y en avoir pour les grands hommes. La Suede & l'Eſpagne retombent en apoplexie, juſqu'à ce que deux puiſſants génies, Ferdinand & Adolphe, viennent les en tirer.

X.

Les faiſeurs de projets ſont les Médecins des Etats. Ils conjecturent, affirment & mentent comme eux. Leur réputation dépend du hazard & du prejugé. Tous les deux profitent de la folie humaine, & s'enrichiſſent par les mêmes voyes qui en ont ruiné mille autres. Tous les deux vivent entre la crainte & l'eſpérance. On ſe moque des uns & des autres, & l'on ne peut s'en paſſer.

A tout prendre, ſont-ils plus nuiſibles qu'utiles ? queſtion, ce me ſemble, fort embarraſſante. Je crois pourtant qu'on peut dire qu'il ſeroit à ſouhaiter qu'il n'y eût jamais eu ni médecins ni faiſeurs de projets : mais qu'il eſt bon, puiſqu'il y en a eu, qu'il y en ait toujours, quand ce ne ſeroit que pour réparer les maux que les premiers ont faits.

X I.

En tout pays, on ne connoît pas aſſez le prix des hommes, on ne ſent pas aſſez la différence qu'il y a entre homme & homme, on ne pardonne pas aſſez de fautes aux grands hommes.

X I I.

On croit aſſez généralement qu'on ne peut être grand homme qu'à un certain âge, comme ſi pour avoir une tête blanche on avoit une tête plus ſaine.

C'eſt une erreur qui vient de quelques Loix Romaines, qui ne permettoient la geſtion de certains emplois qu'à des gens d'un âge mûr.

Auguſte, qui à vingt-deux ans s'étoit rendu maître du monde & de Rome, vouloit qu'on en eût quarante pour juger un procès.

On peut être grand homme dès le premier inſtant où l'ame dénouée ſe trouve dans des circonſtances où ſon vol eſt remarqué.

Repaſſez en votre mémoire l'Hiſtoire des Héros; vous en trouverez beaucoup qui l'ont été depuis vingt juſqu'à trente ans, quelques-uns depuis trente juſqu'à quarante, peu depuis quarante juſqu'à cinquante, point depuis cinquante juſqu'à ſoixante.

A certain âge, il eſt trop tard pour ſe marier; il eſt trop tard pour commencer à devenir grand homme.

L'âge de vingt-cinq ans eſt celui de l'héroïſme & des talents.

Peut-être l'âge donne-t'il de l'expérience; mais ne donne-t-il pas autant de préjugés?

L'expérience rend l'homme ſage; mais elle ne fait pas le grand homme.

Elle donne du bon ſens; mais elle ne

donne pas des talents. Elle voit les inconvénients ; mais elle n'imagine point les remedes, à moins que la comparaiſon ne vienne à ſon ſecours.

Le temps n'eſt pas le ſeul maître de l'expérience : les livres l'enſeignent. Lucullus n'avoit nulle expérience lorſque Rome l'envoya combatre Mithridate ; il lut en chemin des livres de guerre, & en arrivant le génie battit l'expérience.

L'Hiſtoire eſt pleine de vieux Capitaines battus par des jeunes ſoldats. La regle eſt que dans ce cas le vieux Capitaine ne paſſe que pour malheureux. En effet, avec tant d'expérience, peut-on être mal-habile ?

L'âge ne rend pas plus grand homme d'Etat que grand homme de Guerre. Voudriez-vous comparer Villeroy blanchi dans les bureaux, à Richelieu Abbé de Cour ?

Tout homme qui n'aura que des lumieres acquiſes par l'expérience, donnera ſouvent de fort mauvais conſeils, parce que ces lumieres n'iront pas juſqu'à l'éclairer ſur la différence des temps. Un vieillard n'eſt que trop ſujet à ramener à ſes préjugés toutes les notions qu'il a puiſées dans le ſein fécond de l'expérience : d'ailleurs, cette fécondité de l'expérience produiſant une variété prodigieuſe de faits, produit un nombre infini de raiſonnements divers, dont le génie ſeul peut concilier la contradiction apparente.

Il eſt de belles ames qui ſemblent nées avec toutes les lumieres que peut fournir l'expérience, ſemblables à cette Déeſſe qui ſortit toute armée du cerveau de Jupiter.

XIII.

Un homme eſt-il pardonnable d'aller au-delà du troiſieme projet ? Oui, s'il eſt faiſeur de projets.

XIV.

Tout homme qui penſe beaucoup, fait beaucoup de projets ; & tout homme qui penſe ſenſément, ne projette jamais que pour lui-même.

XV.

Les faiſeurs de projets font les plus grandes fautes : ceux qui n'en font point, font le plus de fautes.

XVI.

J'ai careſſé mon idée, je l'ai enviſagée de tous ſes côtés, je l'ai, pour ainſi dire, taillée à facettes : j'ai empiété ſur le plaiſir.

Pourquoi n'exécutez-vous pas votre projet? J'ai eu tant de plaiſir à l'imaginer, à l'arranger, à le combiner, que je n'en aurois plus à le remplir.

J'aime Eglé : je l'attends avec impatience, je la deſire avec ardeur, je la vois avec transport, je l'embraſſe avec délices, je m'en détache avec facilité, j'y renonce avec une ſorte de plaiſir. Image naturelle de la plupart des faiſeurs de projets!

X V I I.

Il ne ſert de rien à un homme d'Etat d'un ſavoir ſuperficiel, d'avoir un goût bien ſûr.

Il ne ſert de rien à un homme d'Etat de peu de génie, d'avoir beaucoup d'eſprit.

X V I I I.

Vous allez à P.....m; & vous y parlerez ſans doute de votre projet. Mais à qui? à des Courtiſans qui le repéteront ſans l'entendre, le loueront ſans l'eſtimer, le contrediront ſans jugement, le jugeront ſans connoiſſance.

X I X.

„ Point de milieu ; ou il faut renon-
„ cer à vos préventions, ou à la con-
„ noiſſance de la vérité.

Je réponds au faiſeur de projets :
„ Votre conſeil eſt fort bon pour moi
„ qui me ſens plein de préjugés, & qui
„ ſuis très-diſpoſé à m'en dépouiller.
„ Mais ne le hazardez pas avec tout
„ le monde ; on vous dira que renon-
„ cer à ce que vous appellez préven-
„ tion, ce ſeroit renoncer au vrai : &
„ voyez combien il vous ſera difficile
„ de faire goûter vos idées à des gens
„ à qui il faudra propoſer de commen-
„ cer avec vous un cours de Logique.
„ Il y a mille lieues du point où ils
„ ſont, au point où vous les voudriez :
„ ne raiſonnez donc point avec eux ;
„ cherchez dans votre bourſe des argu-
„ ments plus ſimples & plus palpables.

Mon projet eſt extraordinaire ; & l'on en rit. Les rieurs ont raiſon : l'extraordinaire eſt fort voiſin du ridicule.

Mais il eſt admirable ; & on le mépriſe. Les contempteurs ont raiſon : rien de plus naturel que de mépriſer ce qu'on admire à l'excès.

Mais il eſt profond ; & on le condamne. Les critiques ont encore raiſon : l'éloignement des objets produit le même effet que leur petiteſſe, je veux dire l'indifférence, ou la mépriſe.

X X.

Il n'eſt pas poſſible d'aimer le travail, ſi l'on n'aime pas le plaiſir.

X X I.

Il y a des eſprits ombrageux, effarouchés de tout ce qui paroît nouveau, comme ſi ce qui eſt en uſage aujourd'hui n'étoit pas nouveau hier. Ne leur dites point que vous avez un projet ; ne leur parlez que d'entrepriſe : tous les eſprits ombrageux ſont ordinairement gouvernés par les noms.

X X I I.

Faiſeurs de projets, ſoyez clairs dans vos mémoires : ce qui eſt principe aux yeux d'un Philoſophe profond, eſt une abſurdité aux yeux d'un Miniſtre qui ne l'eſt pas. Soyez concis : vos juges ſont ſi ſouvent ennuyés, qu'un mémoire eſt démonſtratif dès qu'il n'eſt pas ennuyeux.

X X I I I.

Pour peu qu'un faiſeur de projets ſoit fin,

fin, il lui eſt aiſé de paroître profond.

Parler beaucoup & dire peu, en impoſer par un maintien grave & avantageux, ſe dérober aux regards pénétrants, étaler à propos & avec adreſſe quelques connoiſſances ſuperficielles, échapper aux éclairciſſements par un ſilence dédaigneux, tromper le vulgaire par des prôneurs ignorants ou intéreſſés, couvrir la plus forte cupidité du voile de la plus parfaite indifférence; en voilà plus qu'il n'en faut pour tromper les femmes & le peuple : & preſque tout le monde eſt, ou peuple, ou femme.

XXIV.

Plus les Peuples ſont dans la miſere, plus ils ſont dans la ſoumiſſion : maxime horrible, qui n'a que trop ſouvent ſervi de prétexte à l'exécution de bien de projets, & qui ne peut être comparée qu'à celle-ci : plus les Peuples ſont foulés, & plus ils ſont induſtrieux.

Rois, ne craignez rien d'un Peuple que l'agriculture occupe, que le commerce enrichit, que le luxe amollit, que les Arts amuſent. Tyrans, craignez tout d'un Peuple qui n'a rien à perdre.

L'Etre le plus indépendant eſt celui qui paſſe d'une extrême liberté à une extrême ſervitude, d'une extrême opulence à une extrême miſere.

Et l'Etre le plus cruel eſt l'Etre uniquement occupé de ſes malheurs. Cent mille hommes fondront devant un Peuple à qui le déſeſpoir aura donné une ame atroce.

X X V.

Toute la différence qu'il y a entre le grand'homme d'Etat & le Miniſtre malhabile, c'eſt que l'un prévoit les effets du projet le plus étendu, & que l'autre ne juge du projet le plus ſimple que par l'événement. Le premier décide le ſuccès, & le ſuccès décide le ſecond.

X X V I.

Dans le faiſeur de projets, je me défie plus du flegme que de l'enthouſiaſme.

Peut-être que le flegmatique me dupe : l'enthouſiaſte eſt trompé le premier.

L'un eſt dangereux, parce qu'il eſt préparé ſur mes objections qu'il a prévues ; l'autre n'a pas imaginé qu'un homme ſenſé pût lui en faire : ſon imagination l'a ſi bien ſervi, qu'elle a ſurmonté tous les obſtacles, applani toutes les difficultés.

Le flegme conduit à l'obstination; & il ne faut raisonner ni avec les foux, ni avec les Pyrrhoniens, ni avec les opiniâtres : l'enthousiasme se ralentit, parce que les esprits animaux qui le créent se dissipent ou s'épuisent ; & l'imagination refroidie est bientôt rendue à la raison.

On ne voit pas la fin des projets d'un homme flegmatique; ce sont des arbres dont il faut attendre les fruits pendant des années infinies : les projets de l'enthousiaste échouent ou réussissent d'abord, semblables à ces arbres que l'art du Chymiste couvre presque au même instant de fruits & de fleurs.

XXVII.

Lequel est préférable, de voir les objets de file, ou de les voir de front?

XXVIII.

Je voudrois bien que le P. de la Neuville examinât ce problême : " Est-il " plus avantageux d'être gouverné par " le bon sens, que d'être gouverné par " le génie?

XXIX.

Lequel est préférable dans un Conſeil, de l'homme hardi ou de l'homme timide ?

L'homme d'un génie hardi ne voit que l'utilité de ſon projet ; il n'en apperçoit qu'à demi les inconvénients : il brave les préjugés, & ne reſpecte pas les privileges ; il dit toujours : Le ſalut de l'Etat eſt la ſuprême loi.

L'homme d'un eſprit timide ſe refuſe à tout ce qui demande de grandes vues : tout ce qui lui paroît ſingulier lui devient ſuſpect ; il craint l'avenir ; il n'agit que lentement ; il dit toujours : l'Etat ſe ſoutiendra bien par les principes qui l'ont ſoutenu juſqu'ici.

Le véritable homme d'Etat s'éloigne de ces deux extrémités. En reſpectant les préjugés, il fait agir les Loix ; il compare les temps, il peſe les périls & les eſpérances, les avantages & les pertes ; il examine avec lenteur, il décide avec ſageſſe, il exécute avec courage, il veut avec fermeté, il pourſuit ſon objet avec conſtance, il arrive avec applaudiſſement.

X X X.

Ce projet qu'a-t-il produit ?

Et cet arbre que vous avez planté ? Attendez donc.

XXXI.

L'homme en qui le jugement domine, fait des projets utiles, mais ſans étendue : il n'appartient qu'à l'homme d'imagination de former des projets vaſtes & ſublimes.

XXXII.

J'appelle beau projet un projet dont toutes les parties ont entr'elles une correſpondance étroite & néceſſaire, dont toutes les roues, quelque nombreuſes qu'elles ſoient, dépendent d'un ſeul reſſort, mis en mouvement pour le bien public. La machine une fois montée marchera des ſiecles entiers, à moins qu'une de ces révolutions qui changent la face de toutes choſes n'en affoibliſſe le principal reſſort.

XXXIII.

Il ne ſauroit y avoir trop d'hommes à projets dans toute Nation où il y a encore plus de choſes à faire qu'il n'y en a de faites.

XXXIV.

Un Citoyen éclairé & bienfaiſant eſt à tout moment bleſſé du mauvais ordre qui regne dans ſa Patrie. Son humanité lui montre les défauts du Gouvernement; ſes lumieres lui offrent les moyens d'y remédier. Met-il au jour ſes vues déſintéreſſées; il paſſe ou pour un faiſeur de projets, ou pour un homme de bien qui rêve.

Pour le bon Cardinal de Fleuri, l'Abbé de Saint-Pierre n'étoit qu'un homme à projets : l'auroit-il été pour Pierre le Grand?

La nature fit un très-bel ouvrage en formant l'Abbé de Saint-Pierre : mais elle fit une très-grande faute en le plaçant. Elle auroit dû le faire naître en Ruſſie, & non en France; ou bien lui donner le poſte de Le-Fort, ou le poſte de Bargeac.

XXXV.

Il eſt plus facile d'élever au plus haut degré de puiſſance une Nation barbare, que de tirer de la médiocrité une Nation policée.

Ce que j'admire dans Pierre le Grand, ce n'eſt pas ſes ſuccès : j'admire ſa réſolution, ſes voyages. Après s'être civiliſé lui-même, il ne lui étoit pas difficile de civiliſer ſes ſauvages; mais il lui étoit difficile de ſe civiliſer lui-même. Car 1. il falloit reconnoître qu'il étoit barbare. 2. Il falloit l'avouer à toute l'Europe. 3. Il falloit connoître les moyens de sortir de cette barbarie. 4. Il falloit que l'Empereur le plus despotique se déterminât à devenir le plus vil Ouvrier. 5. Il falloit savoir quitter un Trône qu'on ne savoit pas remplir, quitter un Trône chancelant sans le perdre. En un mot, il falloit renaître. Non, jamais projet n'annonça une plus grande ame.

Il falloit bien que le Czar Pierre fût un grand homme, puisqu'il imagina ce qui n'avoit pas encore été imaginé dans un Pays où il y a quinze millions d'hommes, puisqu'il fit seul ce que cent Prédécesseurs n'avoient pas seulement pensé à faire.

Quand on apprit en Europe que ce Prince avoit formé ce projet, toute l'Europe dit : le Czar Pierre extravague : civiliser les Russes ! mais cela est impossible. Cependant Pierre prouva bientôt à toute l'Europe, que, pour faire l'impossible, un Prince n'a qu'à le vouloir.

„ Que n'auroit-il pas fait en France, „ dit Mr. de Voltaire, à en juger par ce „ qu'il a fait en Russie ? Il a bâti en bri-

„ ques, ailleurs il auroit bâti en marbre.

Mr. de Voltaire pourroit bien ſe tromper dans ſa conjecture. Un eſprit Philoſophe trouveroit peut-être plus de juſteſſe dans cette réflexion : “ A voir „ ce que fait le Roi de Pruſſe, qu'on „ juge de ce qu'il eût fait à la place „ du Czar Pierre.

Pierre, Roi de France, auroit peut-être négligé les Arts, n'auroit eu que des demi-vues, auroit donné à gauche, ou auroit dit : laiſſons aller le monde comme il va.

Il eſt plus aiſé, ſans comparaiſon, de s'élever juſqu'à un certain degré, que de s'élever de ce degré juſqu'au point de perfection. Le point même où la perfection commence, eſt bien éloigné de celui où la perfection finit.

Louis XIV n'auroit aſſurément jamais fait les prodiges que fit Henri IV qui, différé au ſiecle de Louis XIV, n'auroit peut-être jamais fait d'auſſi grandes choſes que lui.

Voici un trait qui peint bien Louis XIV & Pierre I. Louis XIV alla voir en Sorbonne le tombeau du Cardinal de Richelieu ; il fut frappé de la beauté de l'ouvrage, loua le ciſeau de Girardon, lui commanda ſon buſte, lui donna une

une grosse pension, & fonda une Académie de Peinture & du Sculpture. Pierre I voulut aussi voir ce chef-d'œuvre; mais au lieu de s'amuser à l'admirer froidement, il enjambe sur la balustrade, se jette sur la figure, l'embrasse, & s'écrie : " O grand homme ! si tu
„ vivois !... je te donnerois la moitié
„ de mes Etats, pour apprendre à gou-
„ verner l'autre.

On a bien dit que Pierre I étoit infiniment supérieur à Charles XII; mais on n'a pas encore dit pourquoi : c'est, je crois, parce que tandis que Charles XII perdoit son temps à vaincre, Pierre I employoit le sien à apprendre à regner.

X X X V I.

Charles XII échoua dans ses grands projets, non qu'ils ne fussent bien conçus, mais parce qu'ils étoient mal conduits.

Il auroit fallu à la Suede un Charles XII qui imaginât, & un Ministre qui réfléchît.

Ses projets étoient beaux, grands, admirables; mais ils sembloient avoir été formés parmi la foudre & les éclairs.

Enflé de ses premiers succès, il diſoit : il faut aller là, & j'irai. Il auroit dû dire : il faut aller là ; mais ſi je ne puis, où irai-je?

Si le Sénat de Suede avoit été armé du pouvoir qu'il a aujourd'hui, la Suede ſeroit le ſecond Royaume du monde. Un Chef courageux ; un Conſeil prudent ; un Prince vaſte dans ſes projets, rapide dans l'exécution, inébranlable dans les revers ; un Sénat attaché à la gloire du Monarque, mais encore plus au bien du Peuple ; un Héros qui ſait vaincre, un Sénat qui ſait profiter de la victoire.

Il auroit fallu que Charles XII, après avoir été le ſouverain Maître du Sénat, en devînt le Lieutenant. Fait pour penſer en premier, il n'étoit fait que pour agir en ſecond.

XXXVII.

Il n'eſt point de projet, pour ſi vaſte que vous l'imaginiez, qui ne puiſſe être exécuté, s'il eſt bien conçu & bien ſuivi, parce qu'il eſt impoſſible que le petit eſprit & l'imprudence tiennent contre la prudence & le génie.

Cromwel n'étoit pas un heureux ſcélérat : c'étoit le ſcélérat le plus habile, le plus profond, le plus actif. Quelle ame !

De la maniere dont il s'étoit arrangé, il ne pouvoit manquer de détrôner son Roi. Suivez-le depuis le moment qu'il paroît sur la scene jusqu'au moment ou la piece se dénoue : vous verrez la conduite la plus sage, les mesures les mieux prises, les plans les mieux concertés ; vous verrez que toutes les actions de sa vie tendent à ce but, comme les lignes d'un cercle viennent aboutir à leur centre.

Qu'on me donne un Stuard à qui Dieu ait donné l'ame de Cromwel, & je le ferai Roi d'Angleterre.

XXXVIII.

Le Sage dédaigne ces projets qui n'ont pour objet que l'utilité de sa Nation, parce que cet intérêt est d'ordinaire en contradiction avec ses principes. Il aime également tous les hommes.

Le Sage n'a donc point de patrie ? Il ne seroit pas sage s'il en avoit une. Il ne sacrifie point une parenté éloignée à une parenté plus voisine ; il n'oublie pas des freres qu'il ne voit point, pour des freres qu'il voit : son cœur embrasse toutes les vertus, & ses projets tout l'univers. M***, que tu es respectable aux yeux du vrai Sage ! Je mettrai ces vers au bas du portrait de ce vertueux Cosmopolite :

Non ille satis cognosse Sabinæ
Gentis habet ritus : animo majora capaci
Concipit, & quæ sit legum natura requirit.

XXXIX.

Un moyen infaillible de se tromper dans la composition d'un projet, c'est de ne point simplifier le principal objet dont on est occupé : & un moyen tout aussi sûr de se tromper dans l'exécution, c'est de n'en pas conduire de front toutes les parties.

XL.

La manie des projets est la manie des gens qui n'ont rien à perdre. Il me semble que cette maxime est fausse. Cette passion n'est dans un haut degré que dans les ambitieux ; & les ambitieux ont beaucoup à perdre.

La misere est industrieuse ; mais l'industrie s'arrête, au lieu que l'ambition ne s'arrête point. C'est un coursier à qui ses fatigues ne font que donner de nouvelles forces.

Le besoin est le pere du projet ; mais il l'est aussi de toute découverte utile. Dans l'opulence on ne fait des projets que pour l'agréable; l'honneur d'en faire qui tendent au bien public ſemble réſervé à l'indigence. L'opulence projette pour conſerver, l'indigence pour acquérir. L'opulence fait pouſſer les ſemences que l'indigence fait éclorre.

X L I.

On ne parle que de l'indépendance des Peuples, dans un temps où il eſt démontré qu'elle ne les rendroit pas plus heureux; & l'on ne dit mot de l'indépendance des Rois, dans un temps où il eſt démontré que cette indépendance rendroit les Peuples plus libres.

X L I I.

J'ai vu aujourd'hui l'homme à projets le plus décidé, mais auſſi le plus ſéduiſant. Aux graces réelles de l'expreſſion, il joint l'apparente ſolidité du raiſonnement. La fineſſe de ſes penſées ne nuit point à leur profondeur; il eſt toujours de votre ſentiment, & vous fait toujours revenir au ſien. On aime à s'égarer avec lui, ſon ame n'eſt pas toujours dans la même aſſiette; quelquefois elle ſe livre à ſa paſſion, elle ſe perd, elle s'égare, & revient à vous par des coups de tête admirables. Il est faiseur de projets par oisiveté, & seroit excellent négociateur par état. A travers sa feinte modestie, vous découvrez qu'il se croit capable de gouverner un Empire : je ne lui confierois pas le gouvernement d'un Village. Mais c'est le premier homme du monde pour ménager une commission délicate : donnez-lui un bon plan, & soyez sûr du succès, si vous pouvez l'être qu'il n'y mettra rien du sien. Un bon projet perdra autant à passer par ses mains, qu'il gagnera à passer par sa bouche.

X L I I I.

Presque tous les arts se sont perfectionnés; il n'y a que l'art de regner qui soit resté imparfait.

Les arts se sont perfectionnés, parce que les artistes, de quelque pays qu'ils ayent été, dans quelque siecle qu'ils ayent vécu, ont tous eu le même objet. L'art de regner est resté imparfait, parce qu'il a été exercé par des hommes qui n'avoient pas les mêmes intérêts. Les arts ont été cultivés par des esprits à qui la nature les faisoient aimer : l'art de regner n'a été cultivé que par ceux que la fortune en avoit chargés. On a conſidéré la Royauté comme un fardeau, on l'a conſidérée comme une dignité, on l'a quelquefois conſidérée comme un devoir, jamais comme un art.

X L I V.

Le projet de Brutus & de Caſſius étoit mal fait : ils agirent en Citoyens, & non en Hommes d'Etat.

Le Citoyen diſoit : il ne faut maſſacrer que Céſar, parce que Céſar ſeul nous opprime. L'Homme d'Etat auroit dit : il faut tuer Céſar, il faut tuer Antoine, il faut étouffer les eſpérances ambitieuſes d'Octave ; il ne ſuffit pas de punir le Tyran, il faut détruire la tyrannie ; ce n'eſt pas aſſez de couper l'arbre, il faut en arracher toutes les racines. C'eſt ce que diſoit Ciceron, qui n'étoit jamais Homme d'Etat qu'après coup.

Si Brutus & Caſſius euſſent eu autant de génie qu'ils avoient de grandeur d'ame, ils auroient vu que Rome voluptueuſe ne pouvoit ſe paſſer d'un maître : il falloit, pour lui rendre la liberté, lui rendre ſes anciennes mœurs. La réformation des mœurs, à laquelle ils ne penſerent pas, auroit donc dû être la baſe de leur projet.

X L V.

Ne déplorons point le ſort du faiſeur de projets ; il craint, mais il eſpere encore plus, & l'eſpérance eſt la plus douce des paſſions. Il eſt refuſé, mais il n'eſt pas abattu : c'eſt Marius aſſis ſur les ruines de Carthage. Il trouve dans de nouveaux projets de nouveaux plaiſirs : fiez-vous à ſon imagination ; il ſera bientôt conſolé. L'eſprit court, vole, s'attache à l'objet que le cœur lui montre.

X L V I.

Pourquoi Théodore & Rienzi parvinrent-ils à ſe faire Rois ? parce qu'ils avoient des talents : pourquoi leur regne fut-il ſi court ? parce qu'ils manquoient de tête.

X L V I I.

Exceptez-en quelques vérités ; toutes les propoſitions en fait de commerce ſont problématiques. Si les Princes vouloient être de bonne foi, ils avoueroient qu'ils ſont toujours de l'avis du dernier opinant : s'ils ne le ſuivent pas toujours, c'eſt que les déciſions des Princes ne ſont pas toujours leurs ſentiments.

Qu'on mette la plupart des nouveaux projets dans la balance de Montaigne, on ſera forcé de leur appliquer ſa deviſe : *Que ſais-je?*

Cependant, malgré cette incertitude, un Etat n'en eſt pas moins malheureux d'être gouverné par un eſprit borné qui n'a que des demi-vues, ou par un eſprit timide qui ne prend que des demi-partis.

XLVIII.

Un projet utile n'eſt quelquefois décrié que parce qu'il eſt préſenté par un Etranger; & ſouvent ce n'eſt que parce qu'il eſt préſenté par un Etranger qu'il eſt utile.

Depuis que le commerce a établi des relations étroites entre les différentes Nations de l'Europe, toutes ont perdu des Sujets naturels, & ont acquis des Etrangers.

Les naturels du pays crient par-tout contre les Etrangers, parce qu'ils ſont plus induſtrieux, c'eſt-à-dire, plus utiles Sujets : leurs ſervices ſont leurs crimes.

Les Etrangers ſeroient moins odieux, vous dit-on, s'ils étoient moins intrigants : je veux le croire; mais s'ils étoient moins intrigants, ils feroient à charge aux naturels. Or, il n'y a pas à balancer entre le mépris & l'envie, entre la pitié & la haine.

A qui l'Angleterre doit-elle fes belles manufactures de laine? à des Wallons, qui s'y réfugierent fous Elizabeth. A qui l'Irlande doit-elle fes manufactures de toile? à des François, que la perfécution & la pauvreté y amenerent. A qui le Roi de Pruffe doit-il la Couronne & les moyens de la foutenir? à des Etrangers, que la bienfaifante politique du grand Electeur y attira. Je ne finirois point fi je voulois détailler tous les avantages que les Etrangers ont acquis à tous les pays qui les ont reçus. Qu'a-t-on donc à leur reprocher? Leur fortune? leurs richeffes font celles de l'Etat. Leur luxe? il apporte l'abondance. Leur ambition? c'eft le foible de tous les hommes. Leur élévation aux premiers emplois? ils font en état de les remplir avec diftinction. Leur attachement à leur premiere patrie? ils font attachés à l'Etat, & par affection, & par intérêt. Les Amaquois, les Wallons, les François réfugiés, les Irlandois réfugiés en France, ne font-ils pas d'auffi fideles Sujets que les naturels du pays ? Répandez dans votre pays cent mille Etrangers ; à la ſeconde génération, vous n'en aurez plus.

Henri IV, ce grand Prince qui a commis ſi peu de fautes, en fit une grande en refuſant aux Maures fugitifs d'Eſpagne un établiſſement dans les Landes de Bourdeaux.

La valeur des terres augmente à proportion du nombre des habitants. Pourquoi donc les propriétaires haïſſent-ils les Etrangers qui les enrichiſſent ?

Les arts fleuriſſent, le commerce s'étend, à meſure que les arts & le commerce ſont cultivés par plus de mains. Pourquoi donc les artiſtes & les commerçants haïſſent-ils des Etrangers, qui, en partageant leurs travaux, leur procurent plus d'avantages de la partie qu'ils leur laiſſent ?

Plus un pays eſt peuplé, plus il eſt riche. Qu'importe donc à un Prince perſuadé de cet axiome, que tels Etrangers ayent telle religion, dès que cette religion ordonne le travail & prêche l'obéiſſance.

Une Nation ſouffre impatiemment d'être gouvernée par des Etrangers; & cela eſt bien naturel : cependant il y a des cas, où pour être capable d'être gouvernée par elle-même, il faut qu'elle le soit par des Etrangers.

On feroit un gros livre des maux qu'ont causés les Etrangers aux Nations qu'ils ont gouvernées; on en feroit un encore plus gros des sages établissements qu'ils ont faits.

Les Naturels du Pays sont trop faits aux abus de la constitution pour y remédier : ils ne peuvent être réformés que par des Etrangers, qui en sont plus choqués, parce qu'ils y sont moins familiarisés. En un mot, les Naturels connoissent mieux le fort du Pays ; les Etrangers en connoissent mieux le foible. Partez delà, & vous assignerez au juste aux uns & aux autres la part qu'ils doivent avoir au Gouvernement.

Tout le commerce est entre les mains des Etrangers. Et pourquoi leur avez-vous permis de s'en emparer? Que votre industrie ne croisoit-elle la leur.

Un Etranger qui est à la tête des affaires, & qui n'aime pas son Maître, est bien mal-habile s'il ne respecte pas les privileges de l'ancienne Noblesse. Il s'attire la haine publique en pure perte; il interdit à ses descendants des avantages qui seront peut-être un jour leur unique asyle. Il n'y a qu'un zele extrême, un zele hors de ſuſpicion pour les intérêts ou la gloire du Prince, qui puiſſe juſtifier certaines démarches, qui, glorieuſes dans un homme du pays, ſont déteſtables dans un Etranger.

Il n'y a point de Nation qui aime moins devoir ſes Miniſtres ou ſes Héros aux Etrangers, que celle à qui les Etrangers ne doivent ni Miniſtres ni Héros.

Un Etranger, a dit-on, un motif de moins pour bien gouverner. Mais dans tel Etranger ce motif de moins peut devenir un motif de plus : l'honneur eſt bien puiſſant. En général, je crois qu'un Etranger, qui aura de la probité & des talents, rendra plus de ſervices à un pays, qu'un naturel qui aura des talents & de la probité au même degré.

Les Etrangers attachés à un pays par des penſions, n'ont d'autres liens que ceux de l'intérêt & de la reconnoiſſance. Ces liens ſont bien foibles; mais heureuſement aucun Etat n'en eſt ſurchargé. Ces Sujets ne ſervent pas à l'utile, mais ils ſervent au brillant d'une Nation; & ce brillant produit quelquefois l'utile. Ils ont une guerre continuelle à ſoutenir avec l'envie, parce qu'un Etat ne manque jamais de gens qui ont besoin de pensions, & qui croyent sérieusement mériter telle pension. Le plus grand désagrément d'un pensionnaire étranger, c'est d'être regardé par le Courtisan comme un homme protégé, par le Bourgeois comme un aventurier, par le Peuple comme un inutile, par les gens de métier comme un usurpateur. C'est bien pis, quand il sent que le Courtisan, le Bourgeois & le Peuple ont raison.

XLIX.

Qu'on parcoure l'Histoire ancienne & moderne; on ne trouvera point d'exemple de Prince qui ait donné sept mille écus de pension à un homme de lettres, à titre d'homme de lettres. Il y a eu de plus grands Poëtes que Voltaire; il n'y en eut jamais de si bien recompensés, prrce que le goût ne met jamais de bornes à ses récompenses. Le Roi de Prusse comble de bienfaits les hommes à talents, précisément par les mêmes raisons qui engagent un Prince d'Allemagne à combler de bienfaits un bouffon ou un nain.

L.

Faut-il plus de [illegible]lités pour renverler un Empire, qu'il n'en faut pour le fonder? Problême digne d'une plume philoſophique. Je tiens pour l'affirmative, & je crois qu'un uſurpateur ne peut renverſer un Empire bien établi, ſans avoir non-ſeulement tous les talents d'un deſtructeur, mais encore tous ceux d'un fondateur. C'eſt une machine qu'on ne peut démonter ſans en connoître tout l'artifice, ſans être en état de la rétablir : témoin Cromwel, qui ſut, en renverſant le trône, établir cet admirable ſyſtême de la conſtitution d'Angleterre.

L I.

„ Je voudrois bien ſavoir, demande Madame de Puiſieux dans la ſeconde partie de ſes Caracteres, p. 128. " ce „ que font la plupart des femmes d'un „ Mathématicien, d'un Chymiſte, d'un „ Machiniſte. Ce qu'elles en font? ce que toute femme qui aime le plaiſir fait de tout homme qui ne le hait pas.

L I I.

En général, on exige trop de talents pour les petits emplois, & l'on en exige trop peu pour les grands.

L I I I.

Laiſſez, dit-on, aller le monde comme il va. Le monde ne va pas de lui-même, & il n'eſt pas indifférent quel mouvement on donne à la machine, ſur-tout quand on eſt voiſin d'une Nation attentive à calculer les degrés de viteſſe, de force & de mouvement.

Un Anglois met en queſtion, ſi c'étoit un bon projet que celui du Czar Pierre, de civiliſer & d'éclairer ſa Nation : il croit que ce projet ne pouvoit être conçu que par une tête philoſophe, & auroit été rejetté par une tête plus philoſophe.

Il eſt vrai que les Arts & les Sciences ne rendant pas les Peuples plus heureux, Pierre n'auroit pas rendu un grand ſervice aux ſiens en les arrachant à leur barbarie, ſi tous les autres Peuples avoient été dans la même poſition, également ignorants, également barbares. Mais comme le bonheur d'une Nation dépend des relations qu'elle a avec ſes voiſins, le Czar ne pouvoit mieux mériter de ſes Sujets qu'en les mettant de niveau avec des voiſins éclairés. Le Suédois ceſſoit d'être redoutable, dès que le Ruſſe pouvoit jouir des avantages que lui

lui valoient ſes lumieres. Il falloit que Pierre dérobât le feu du Ciel pour enlever à la Suede la ſupériorité. Avec cette ſupériorité, il auroit été fort aiſé à Charles XII de conquérir la Ruſſie. Pierre I nâquit donc fort à propos, & ſon projet étoit fort bon, eu égard aux circonſtances.

De plus, il étoit fort bon en lui-même. Je viens de dire que les Arts & les Sciences ne rendoient pas les hommes plus heureux; ce n'étoit qu'une ſuppoſition pour éviter tout incident : car il eſt facile de prouver, & par les faits, & par le raiſonnement, que les Arts contribuent infiniment au bonheur des hommes. Ils reſſerrent les liens de la ſociété; & la ſociété eſt un bien : ils adouciſſent les mœurs, ils arrachent l'homme à l'oiſiveté, & par conſéquent à tous les vices. Tous les Arts ſont des plaiſirs, & par là des inſtruments du bonheur. Anarchie ou Deſpotiſme, par-tout où les Arts ne ſont pas cultivés. L'Europe eſt plus vertueuſe, depuis qu'elle eſt plus éclairée. Dans un Pays policé il y a peut-être de moins grandes vertus, mais ſûrement il y a plus de vertus. Et il faut bien que les Arts ſoient néceſſaires à notre bonheur, puiſque la nature nous a donné un goût si vif pour eux, qu'elle nous en a fait des besoins. A quoi serviroient tous ces talents qu'elle a semés, s'ils n'avoient pour objet que des objets nuisibles?

Cela posé, il n'est pas douteux que le projet de Pierre I ne fût utile à ses Sujets : & le succès parle pour lui. En portant les arts dans son Pays, il y porta le goût des plaisirs ; & ce goût en bannit peu à peu les excès. Les crimes deviennent plus rares, à mesure que l'esprit se partage entre un plus grand nombre d'occupations. Aujourd'hui il y a parmi les Russes plus de politesse, plus d'honneur, plus de décence, & par conséquent moins de corruption. Quand même le projet du Czar n'auroit produit d'autres effets que l'adoucissement du joug, que la légitimation de l'autorité suprême, que l'affoiblissement du pouvoir arbitraire, c'en seroit assez pour intéresser tous les cœurs tendres à l'applaudir. La cause de la Nation Russe est la cause de l'humanité.

L I V.

„ Il ne faut, dit l'Abbé Trublet, „ qu'un petit nombre de grands génies „ pour penser, imaginer, & comman-

„ der. *Essais de Litterat. & de morale*, Tom. II. pag. 314.

Cette proposition n'est pas juste. Il faut peu de grands génies pour commander; il en faut beaucoup pour imaginer; & il ne sauroit y en avoir trop pour penser.

L V.

Les sots ont des vices; les gens d'esprit ont des défauts, des ridicules & des foiblesses.

L V I.

Dernieres lignes du Testament d'un Courtisan. " Mon Fils, vous ne parviendrez jamais, si vous ne vous attachez inviolablement à un plan de fortune. Ce plan, vous le trouverez dans l'histoire de ma vie. Soyez aussi heureux & plus sage que moi.

„ Les jours ne se ressemblent point à la Cour. N'ayez donc pas aujourd'hui un visage, un air, un caractere semblable à celui d'hier.

„ Ayez de la vertu, du moins au fond du cœur : les talents sont souvent disgraciés, la vertu ne l'est jamais & ne sauroit l'être.

„ La droiture du cœur & la justesse

„ de l'eſprit ſont les plus grands obſ-
„ tacles à la politeſſe : cependant, mon
„ fils, perfectionnez votre cœur & vo-
„ tre eſprit.

„ Cachez vos talents ſous le voile
„ d'une heureuſe médiocrité. Si vous
„ avez de l'eſprit, vous paſſerez pour
„ un homme fin, dangereux, & peut-
„ être pour un mauvais cœur. Si vous
„ êtes ſot, vous paſſerez pour incapa-
„ ble de gérer aucune affaire. Avec
„ de l'eſprit vous ſerez haï ; ſans eſprit
„ vous ſerez mépriſé. Ne ſoyez donc
„ ni ſot ni homme d'eſprit.

„ Si vos talents tranſpirent, vous êtes
„ perdu. Que le grand homme en vous
„ ne ſoit jamais prévu ni deviné. Pour-
„ quoi le ſyſtême politique de bien des
„ Conſeils eſt-il vicieux & uniforme ?
„ Parce que ceux qui ſont en place
„ ſont attentifs à n'élever que des ſuc-
„ ceſſeurs qui leur reſſemblent, & qu'il
„ eſt malheureux de leur reſſembler.

„ Aſpirez aux premiers emplois,
„ n'aſpirez point à la faveur. On l'ac-
„ quiert avec peine, on la conſerve
„ avec inquiétude, on la perd avec
„ déſeſpoir. La diſgrace ſeroit ſup-
„ portable, ſi l'on pouvoit s'en con-
„ ſoler dans le ſein de l'amitié.

„ Que les premieres fautes ne vous „ découragent pas ; que les premiers „ malheurs ne vous abattent point. „ Dans la jeunesse, les fautes sont des „ leçons, & tous les malheurs sont des „ ressources.

„ Ne méprisez point le Parvenu ; „ mais ne contribuez jamais à la con- „ sidération qu'il obtient.

„ Les talents, les richesses & les em- „ plois donnent des prétentions à l'es- „ time : la vertu seule y donne des „ droits.

„ Acquerez de la considération ; mais „ ne vous pressez point d'étendre vo- „ tre réputation : plus elle sera éten- „ due, plus elle deviendra problémati- „ que, & rien ne nuit plus à la fortune „ que de mettre son honneur & sa gloire „ en problême.

„ Gardez-vous bien de la manie des „ projets ; n'en faites aucun, & profitez „ de tous ceux que font les autres.

„ Dans la nécessité d'opter, ména- „ gez plutôt un sot qu'un homme d'es- „ prit. A la Cour, la bêtise nuit plus „ que la malice. Rien de plus ingénieux „ qu'un sot poussé à bout.

„ Ne vous faites jamais des enne- „ mis, & sur-tout des ennemis timides.

„ A la Cour, le mérite parvient „ quelquefois par la basseſſe, & le mé- „ talent par l'effronterie. Rampez donc „ effrontément.

„ Méfiez-vous toujours d'un homme „ que vous ſaurez coupable d'une noir- „ ceur avérée. Le cœur d'un homme „ ne peut pas plus ſe changer que ſon „ teint.

„ En quelque poſition que vous vous „ trouviez, ayez des égards infinis pour „ tout ce qui n'eſt que Courtiſan. Je „ ne connois rien de plus redoutable „ qu'un homme oiſif qui veut ſe faire „ redouter.

„ Ne ſouhaitez pas d'être élevé „ avant que d'être grand. Perſuadez „ au Public que vous ne ſavez point „ mettre de bornes à vos devoirs, & „ que vous en mettez ſans effort à „ votre ambition.

„ Puiſſiez-vous, mon fils, être heu- „ reux & honnête homme, Courtiſan „ eſtimé & Citoyen eſtimable.

L V I I.

Plus un Prince eſt puiſſant dans ſon Pays, moins il l'eſt vis-à-vis de l'Etranger. La même cauſe qui augmente ſon pouvoir au-dedans, l'anéantit au-dehors.

L V I I I.

Avoir de la religion, & n'avoir point de mœurs, eſt non-ſeulement d'un cœur gâté, mais encore d'un petit eſprit: c'eſt croire que la plus ſublime vertu n'eſt pas incompatible avec le vice; & c'eſt là l'héréſie la plus dangereuſe & la plus abſurde.

Un Prince eſt bien malheureux s'il n'a pas de la religion, parce qu'il lui eſt fort difficile d'être honnête homme, & encore plus de paſſer pour tel. Il doit donc au moins feindre d'avoir de la religion, pour conſerver le cœur de ſes Sujets & la confiance des Etrangers. Un Particulier hypocrite eſt un homme déteſtable : un Prince incrédule, & qui n'eſt pas hypocrite, eſt un politique très-mal-adroit.

On pourroit dire aux Princes qui abandonnent la profeſſion extérieure de la religion reçue dans leurs Etats : vous n'avez point de religion; mais voudriez-vous que vos Sujets en euſſent auſſi peu que vous?

Rien ne fait plus mépriſer des vertus même néceſſaires, que les exemples qu'on a des grands Princes à qui elles n'ont pas été néceſſaires.

Un homme de bon ſens me diſoit : „ Je me ferois brûler une fois pour la „ Religion Chrétienne, & deux fois „ pour la Religion Catholique. Ce ſeroit une entrepriſe digne d'un Prince Philoſophe, d'éclairer ſon Peuple de niere qu'il fût diſpoſé à mourir deux fois pour les premiers principes, & une fois ſeulement pour les ſeconds. Ce Peuple ſeroit, & plus vertueux, & plus tolérant.

L I X.

Un Etat ſera floriſſant, ſi les projets du Prince tendent à ſa gloire. Un Etat ſera heureux, ſi les projets tendent au bien du Peuple. Un Empire gagnera toujours plus à être gouverné par un Citoyen que par un Héros, par un cœur ſenſible que par un eſprit élevé. Suppoſez un égal degré de lumieres; le Roi patriote fera de plus grandes choſes, & moins de fautes. Le ſentiment a preſque toujours des idées juſtes, parce qu'il n'a pas le temps de faire des réflexions juſtes.

L X.

Mr. le Préſident de Monteſquieu a découvert les principes des trois gouvernements

nements. Ces principes ne vont point aux différentes Nations de l'Europe, parce qu'il n'y a plus en Europe ni Monarchie, ni Démocratie, ni Defpotifme. Aujourd'hui tout eft marchand. Loix, ordonnances, marine, finances, tout eft tourné vers cet objet. Le principe de l'intérêt eft le principe de tous les Etats. Si vous en exceptez la Turquie, & un autre pays encore foumis à la crainte, le commerce eft par-tout le fuprême légiflateur.

Le fiecle paffé étoit celui de l'honneur, parce que le Gouvernement étoit militaire : notre fiecle eft celui de l'intérêt, parce que le Gouvernement eft marchand. Aujourd'hui moins de brillant dans les actions, mais plus d'humanité dans les mœurs ; &, ce qu'il y a de furprenant, avec une paffion pour les richeffes qui femble devoir éteindre tout autre fentiment, beaucoup de cette vertu générale qui comprend l'amour de tous. On n'a pas le cœur fi élevé ; mais on a l'efprit plus jufte. J'aime bien ces cœurs fupérieurs à tout, excepté à la honte ; & l'Etat n'en fauroit trop avoir : mais auffi j'aime bien ces efprits doux, faciles, éclairés, droits, fupérieurs à tout, excepté à la misere; & l'Etat n'en sauroit trop faire naître.

LXI.

De la Démocratie à la Monarchie, de la Monarchie au Despotisme mitigé, du Despotisme mitigé au Gouvernement Militaire, du Gouvernement Militaire au Républicain, & du Républicain au Monarchique ; c'est ce que j'appelle le cercle politique : c'est ce qui a toujours été, & sera toujours sous la zone tempérée.

LXII.

Un Prince qui ne respecte pas les Loix, est bien imbécille ; elles sont sa sûreté. Quand la Loi ne veille pas pour le Sujet, qui veillera pour le Souverain? Sa garde?

Un million de bras peut bien défendre un maître :
Un million de bras ne défend point d'un traître.

La majesté des Loix?

Le Roi qui les enfreint, ne peut les invoquer.

La crainte?

Dans l'extrême malheur, plus de malheurs à craindre.

La force?

La force ne peut rien contre la perfidie.

LXIII.

Il n'eſt point de Prince d'Allemagne, pour ſi petit qu'il ſoit, qui ne faſſe des projets de commerce. Ces projets s'exhalent ordinairement en fumée ; ou parce que ces Princes ont entrepris au-delà de leurs forces, ou entrepris avec trop d'économie, ou entrepris avec trop de précipitation. La plupart ont calculé le produit, avant que d'avoir dreſſé bien diſtinctement leur plan.

Les grands projets ſe ſuccedent avec rapidité dans les petits Etats, parce que les Princes ſont remplacés par des Succeſſeurs qui veulent avoir leurs établiſſements, leur gloire à eux, & qui diſent en arrivant à la régence : Et nous auſſi nous ſommes Princes.

LXIV.

Le premier pas ſur le Trône eſt le plus difficile. Preſque tous les Princes ont regné comme ils avoient promis de regner.

Un Peuple Philoſophe pourroit lire l'Hiſtoire de ſon Roi dans l'Hiſtoire du premier mois de ſon regne.

Tous les Princes ſont accomplis avant leur avenement au Trône. Leur enfance eſt pleine de prodiges. Leurs Courtiſans font voler leur réputation juſqu'aux extrémités du Royaume. Le Peuple eſpere ſur la foi des Courtiſans, qui ſavent pourtant bien qu'il n'y a rien à eſpérer que pour eux.

Ces paroles, ces ſentiments, ces actions, qui échappent aux jeunes Princes encore Sujets, ſont preſque toujours déciſives. Dans un âge tendre on ne connoît point l'art malheureux de ſe maſquer : le naturel perce toujours avant la raiſon. Séneque & Burrhus avoient prévu le regne cruel & ſanguinaire de Néron : ils avoient remarqué dans leur éleve un cœur bas & féroce. C'eſt Tacite qui le rapporte. Peut-être eſt-ce une conjecture qui fait trop d'honneur au jugement de Séneque & de Burrhus; mais je ne doute pas que ſi Tacite avoit été à leur place, ce grand homme n'eût prédit tous les malheurs qui accablerent le Peuple Romain.

Louis XIV encore enfant fut harangué par le Parlement. Il ne répondit rien aux Députés. Son Gouverneur lui repréſenta que ce ſilence étoit fort mortifiant pour une compagnie dont il auroit dû louer le zele. “ Cela eſt vrai, „ répondit le jeune Roi d'un ton fort „ affligé; mais il ne m'eſt venu dans „ l'eſprit rien qui fût digne de moi. „ Si ce fait eſt faux, ceux qui l'ont inventé connoiſſoient Louis XIV : s'il eſt vrai, il fut aiſé au Gouverneur de préjuger que ce Prince aimeroit la gloire; qu'il ſeroit ambitieux; qu'il diroit & entreprendroit de grandes choſes; qu'il ſeroit jaloux de ſa dignité; qu'il tireroit une vengeance éclatante du plus léger affront; qu'il ſoutiendroit de cinquante mille hommes ſon droit de préſéance; qu'il aimeroit à l'excès la flatterie & la louange; que charmé que la plus ſage Nation reconnût la grandeur de ſa puiſſance, il ſeroit fâché qu'elle ne connût pas toute la grandeur de ſon ame; que ſa Cour ſeroit l'aſyle des Rois, & ſa Capitale le centre des Arts; qu'il pardonneroit bien des fautes à ceux de ſes Miniſtres qui ſauroient le faire parler avec dignité; que dans les revers il ſe réſoudroit plutôt à s'enſevelir ſous les débris de ſon Trône, qu'à ſigner ſon deshonneur; en un mot, qu'il ſeroit ce qu'il fut, le plus grand de tous les Princes ſans contredit, ſi l'amour de la gloire avoit été tempéré en lui par un un plus grand amour de la juſtice, ou, pour mieux dire, ſi ſes lumieres avoient égalé ſes talents.

L X V.

La vénalité des charges fit murmurer tous les bons François. C'eſt l'avarice des Princes & la néceſſité des temps qui l'ont introduite : les mêmes cauſes l'ont étendue & la maintiennent. Je ſuis fâché pour l'honneur de la politique que ce n'en ſoit pas l'ouvrage : ce ſeroit un de ſes chefs-d'œuvres.

C'eſt une choſe admirable qu'il y ait une Nation où le droit de juger ſe vende, & où les jugements ne s'achetent pas ; où l'induſtrie ſoit encouragée par les emplois, & où les emplois ne ſoient pas avilis.

Une choſe plus admirable encore, c'eſt que cette Nation achete le droit de ſe ruiner & de ſe faire tuer pour le ſervice de ſon Prince.

Cette vénalité des charges de judicature & des emplois militaires, eſt un des plus grands biens de la police de France ; & ce grand bien ſeroit un des plus grands maux qui puſſent arriver au Dannemarck.

L X V I.

Il n'eſt peut-être point de projet plus problématique que celui du Maréchal de Vauban. Selon lui, la dixme générale des biens peut à peu près ſuffire à tous les beſoins de l'Etat. Son ſyſtême fut d'abord rejetté, enſuite eſſayé, puis adopté en partie, enfin rejetté, mais employé ſous une autre forme & un autre nom.

Cette réflexion prouve également qu'un homme à projets ne doit pas ſe décourager, & qu'un homme de condition ne s'avilit point à entrer dans le détail des finances.

Ce détail eſt peut-être le ſeul qui demande un grand génie. Sully, Colbert, Law, Machault, quels hommes! Entr'eux il n'y a eu que des Contrôleurs-Généraux. Il eſt aiſé à un Prince de remplir un titre, mais mal-aiſé de remplir une place. Dans une minute il aura des milliers d'hommes à expédients; en vingt années il ne trouvera pas un Miniſtre.

Les finances ſont preſque par-tout mal adminiſtrées, moins par l'incapacité de ceux qui les gerent, que par l'incertitude où ils ſont s'ils les géreront long-temps. Que peut entreprendre de grand un homme qui craint ſans ceſſe qu'on ne lui demande ſes comptes? Quelle apparence qu'il travaille pour ſon Succeſſeur? Preſque tous les projets utiles ſont d'une lente exécution. La guériſon eſt longue; le palliatif s'applique en un moment. Au lieu de travailler pour le bien de l'Etat, le Miniſtre des finances travaille pour ſa gloire; il pourroit enrichir ſes concitoyens, il éblouit ſon Prince: à chaque inſtant le ſolide eſt ſacrifié au brillant; il veut jouir.

L X V I I.

J'aime bien la ſaillie de cet homme, qui, au déſeſpoir de la ſtérilité de ſa femme, dit: " Je ne puis avoir des hé-
„ ritiers de mon nom, de mes biens,
„ de mes honneurs: eh bien! pour me
„ venger de la nature, je donnerai des
„ maîtres à ma Patrie, & pour me ven-
„ ger de ma femme, des héritiers à
„ mon Roi. Il le fit, & fit bien.

L X V I I I.

On a ſouvent comparé Mazarin à Richelieu. Quel parallele! Mazarin n'étoit pas un grand homme, il étoit avare.

Richelieu, qui ſe connoiſſoit en hommes, n'eſtimoit pas Mazarin : il l'employoit pourtant; & combien de gens employoit-il préciſément parce qu'ils n'étoient pas eſtimables. Il diſoit de lui : ſi je voulois tromper le Diable, je lui détacherois Mazarin. Mazarin n'étoit pas grand homme, il étoit habile homme; & même ne l'étoit-il pas aux yeux de Louis de Haro, qui le trouvoit trop fourbe dans les négociations. La paix des Pyrénées eſt ſon chef-d'œuvre par l'événement, la paix de Munſter dans la réalité.

La ruſe Italienne étoit encore bonne dans ce temps où les principes de la ſaine politique n'étoient pas bien connus. Aujourd'hui le Machiavéliſte auroit toute l'horreur de l'Europe, ſans en avoir l'admiration. L'averſion qu'on auroit pour un Miniſtre tel que Mazarin, ne lui laiſſeroit pas même la gloire de l'habileté.

On le loue de n'avoir pas verſé du ſang; mais on ne fait pas réflexion que ſon prédéceſſeur ne lui en avoit laiſſé que fort peu à verſer. D'ailleurs, c'eſt le louer de n'avoir pas fait des crimes.

Il faut bien que la France ait été opprimée par les cruautés de Richelieu, puisque la France ne trouva pas de plus juste louange à donner à son successeur & à son éleve, que celle de ne l'avoir pas rendu entiérement malheureuse. Auroit-on dit que Mazarin étoit avare du sang, si Richelieu n'en avoit pas été prodigue ? Ce n'est qu'en Turquie, à la Chine, dans ces Pays où l'oppression est continuelle, que la plus grande gloire d'un Prince est de n'être pas oppresseur.

Qu'on rejette sur les malheurs des temps, sur la nécessité des exemples, les vengeances cruelles du Cardinal de Richelieu ; qu'on les justifie par les heureux effets qu'elles ont produits, tels que l'affermissement & l'extension de l'autorité Royale : pour moi, je les condamnerai avec tous les bons cœurs. Je dirai qu'il n'est point de violence dont ces maximes ne fassent l'apologie ; & peut-être mettrai-je en question si ce Ministre, qui a si bien servi la France & l'Europe en abaissant la Maison d'Autriche, a bien servi sa patrie & son Prince, en étendant l'autorité Royale au-dedans, au mépris de toutes les Loix qui avoient cru devoir la limiter, la tempérer.

Il fit un coup d'Etat en abaissant les grands Seigneurs, de maniere qu'il n'y en a plus aujourd'hui ; il fit un coup d'Etat en ôtant aux Religionnaires leurs places de ſûreté ; il fit un coup d'Etat en éloignant des affaires les Princes du ſang, & en les réduiſant à la condition de ſimples Sujets.

Mais n'étendoit-il pas, n'affermiſſoit-il pas aſſez par ces diſpoſitions l'autorité Royale ? Etoit-il néceſſaire de la rendre abſolue ? ne précipita-t-il pas les choſes d'un excès dans un autre ? N'altéra-t-il pas la conſtitution fondamentale du Royaume ?

Je n'examine point ſi l'abolition des Etats eſt un acte de ſageſſe & de profonde politique ; mais je dirai hardiment qu'au lieu d'humilier le Parlement, il eût mieux valu lui donner un peu de cette légere portion que les aſſemblées des Etats avoient à la légiſlation. Tout bon François en ſent aujourd'hui l'utilité, la néceſſité même. Quelqu'éloigné qu'on en paroiſſe, on y viendra ; on y viendra, lorſqu'une mauvaiſe adminiſtration des deniers, lorſqu'une imprudente violation des Loix ouvrira les yeux ſur la ſageſſe & la vérité des remontrances trop long-temps mépriſées.

Qu'a fait toute la politique du Cardinal de Richelieu ? elle a fait avec violence ce que le commerce auroit fait avec plus de lenteur & avec plus d'utilité. La politique a été un torrent qui a tout entraîné : le commerce auroit été une ſource abondante qui auroit tout fertiliſé.

Quoique zélé partiſan de l'autorité Royale, je ne puis me refuſer à cette propoſition : ſi le Parlement de Paris avoit part à la légiſlation, la France ſeroit ſans contredit plus riche, parce que le crédit de l'Etat ſeroit plus étendu, étant moins menacé. Plus de richeſſes donneroient plus de pouvoir à la Nation. L'autorité Royale, telle que l'a établie Richelieu, nuit donc au pouvoir réel. Richelieu a donc travaillé pour lui-même, pour Louis XIII, & ſi l'on veut pour ſon ſiecle, mais non pour les François, ni pour Louis XV, ni pour la poſtérité.

Le Cardinal de Richelieu ſe ſeroit acquis plus de véritable gloire, ſi, au lieu de s'amuſer à débrouiller les intrigues de la Cour pour augmenter la puiſſance du Roi, il avoit formé une marine & un commerce ſuivant les plans qui avoient été dreſſés ſous le regne précédent. Il n'avoit pas approfondi le génie de la Nation qu'il gouvernoit : il pensoit en Peuple ſur cet article ; il ne croyoit les François propres qu'à la bagatelle, aux arts agréables, & à l'intrigue. Colbert les connoiſſoit mieux. Un Miniſtre qui eſt dans les erreurs de ſon ſiecle, mérite ſans doute quelqu'excuſe : mais un Miniſtre, qui ſait voir ces erreurs, & qui au lieu de penſer comme ſon ſiecle, comme ſa Nation, fait que ſon ſiecle & que ſa Nation penſent comme lui, mérite les plus grands éloges.

On a mis le Pere Joſeph au-deſſus du Cardinal dé Richelieu : c'eſt un paradoxe inſoutenable. Le Cardinal étoit homme d'Etat ; & pour l'être, il faut des lumieres & de l'élévation dans l'eſprit : le Capucin n'étoit qu'intrigant ; & pour l'être, il ne faut que de l'activité & de la baſſeſſe dans le cœur.

Il falloit au Cardinal de Richelieu le Pere Joſeph : il lui falloit un homme ſimple, actif, impénétrable, entiérement dévoué à ſes deſſeins ; qui eût des mœurs, & qui n'eût point de religion ; qui fût ſon confident, ſans pouvoir être ſon rival ; dont il employât les talents, ſans en redouter l'ambition ; un homme dont perſonne ne pût ſe défier, & qui ſût tromper tout le monde ; qui le ſoutînt dans les grandes affaires, & qui gouvernât les petites; qui traitât avec des espions, tandis qu'il traitoit avec les Ministres étrangers; un homme qui réveillât sa fermeté dans les revers, & arrêtât son feu dans les succès; sur qui il pût détourner tout l'odieux de certaines démarches, sans craindre que la gloire des belles actions lui fût ravie; dont le cœur fût inconnu aux Etrangers, dont la naissance fût supportable aux Grands, dont l'Etat en imposât au Peuple, dont la dévotion gagnât le Roi; un homme, enfin, qui aimât la France uniquement, & dont les sentiments le persuadassent qu'il pourroit le rappeller à la vie en lui disant à l'article de la mort: " Courage, mon Pere, Brissac est pris.

Il n'y a plus de Pere Joseph, parce qu'il n'y a plus de Richelieu; & qui sait si le monde n'en est pas plus heureux?

On dit que ce Ministre sentant qu'il lui falloit un homme de confiance, ne savoit s'il devoit le choisir parmi les Capucins, ou parmi cette société si féconde en beaux esprits & en grands génies. La réputation de politique qu'a cette société lui nuisit dans son esprit, parce qu'il vit bien que cette réputation nuiroit à ses desseins. Il chercha donc un

Jésuite parmi les Capucins. C'est un conte fait à plaisir, mais un conte fort sensé. Choisir un Jésuite, ç'auroit été mettre blanc sur blanc, métal sur métal, & pécher contre les premiers principes de la politique & du blason.

Le Cardinal de Richelieu & le Pere Joseph étoient uniquement faits pour le personnage qu'ils ont joué; les premiers hommes du monde, chacun dans son genre. Changez-les de rôle; vous déplacez leurs talents, vous les rendez à la médiocrité. Richelieu a l'ame trop grande pour être inférieur au Capucin; Joseph l'a trop petite pour n'être pas inférieur au Cardinal.

A quoi a-t-il tenu que l'un ne fût qu'un pieux fainéant, & l'autre qu'un misérable controversiste ou un faiseur de méchantes pieces de Théâtre? Y auroit-il dans le monde politique une force cachée qui éleve toujours au gouvernement des Etats ceux qui sont nés pour en faire les destins? Il y a beaucoup d'hommes déplacés, il y a peu de grands hommes déplacés.

„ Je suis timide de mon naturel, di-
„ soit Richelieu, je n'ose rien entre-
„ prendre que je n'y aye réfléchi plu-
„ sieurs fois; mais après avoir pris

„ ma réſolution, j'agis hardiment, je
„ pouſſe à mon but, je renverſe tout,
„ je fauche tout, & puis je couvre tout
„ de ma ſoutane rouge. *Mém. de Mont-
„ chal.* Ces paroles ſont la clef de l'Hiſtoire de ſon miniſtere, & prouvent qu'un homme peut ſe connoître & ſe peindre.

Encore une réflexion. Mademoiſelle de.... ne peut détacher ſes yeux d'un portrait du Roi, fait par Pilo : pour peu qu'on aime à penſer, on ne peut quitter Richelieu. S'il n'avoit pas été Miniſtre de Louis XIII, Louis XIII n'auroit pas eu de plus mauvais Sujet. Ce même homme qui a porté ſi loin l'autorité Royale, l'auroit mépriſée. S'il n'avoit pas été en place d'abaiſſer les Seigneurs, il ſe ſeroit uni à eux pour abaiſſer le Roi. Il auroit opprimé la France, s'il ne l'avoit pas gouvernée. S'il n'avoit été le ſouverain Maître à la Cour, il l'auroit troublée par ſes intrigues; il auroit été l'ame de toutes les méſintelligences qu'il concilia, de toutes les conſpirations qu'il prévint, de toutes les rébellions qu'il étouffa. Qui diroit que celui qui apprit aux François à obéir, ne ſavoit pas obéir? Il eût répandu moins de ſang, s'il n'eût pas cru que les Rebelles étoient aussi ambitieux que lui ; son génie les vainquoit, son cœur les jugeoit. Il falloit à Richelieu, ou un extrême abaissement, ou une extrême élévation. Dangereux Citoyen, grand Roi, voilà son caractere ; il falloit donc lui donner une Cure de village, ou la place de premier Ministre. Il seroit bien glorieux à Louis XIII que la haute fortune de Richelieu eût été l'ouvrage d'un choix libre & réfléchi, qu'il eût eu assez de connoissance du cœur humain pour voir que sa confiance en l'Evêque de Luçon le lioit à ses intérêts, & que personne ne sauroit mieux défendre son Trône que celui qui étoit capable de le renverser, pour dire enfin comme Cicéron dans la Rome sauvée de Mr. de Voltaire :

En lui de la vertu je rallume les flammes,
Et c'est ainsi qu'on traite avec les grandes ames.

L X I X.

Les heureux se fuyent & se haïssent ; les malheureux s'aiment & se cherchent. Mr. de Maurepas aimera mieux vivre avec Mr. de Chauvélin, qu'avec le Courtisan le mieux venu à Versailles.

Des mémoires bien curieux seroient ceux qui donneroient un détail bien circonstancié des conversations de Fouquet & de Lauzun dans la prison de Pignerol.

Ce qu'il y a de plus accablant pour un Ministre disgracié, ce n'est pas la perte de ses amis, la perte de la faveur, l'exil de la Cour, l'insolence d'un Peuple toujours cruel pour les malheureux; c'est l'éloignement des affaires. Il se plaignoit nuit & jour d'en être surchargé; en être soulagé, fait son supplice. Ce n'est pas l'envie qui l'attriste, c'est la curiosité. Il n'est point malheureux parce qu'il n'a plus aucune part aux affaires; il l'est parce qu'il les ignore, parce qu'il ne voit plus le jeu des ressorts qu'il a mis en mouvement.

Ainsi lorsqu'après la mort de Charles VI Mr. de Chauvelin disoit qu'il consentiroit de ne vivre que trois jours, pourvu que le premier il assistât au Conseil de France, le second au Conseil d'Espagne, & le troisieme au Conseil d'Angleterre, il ne disoit pas une absurdité; il développoit naturellement un sentiment naturel & presqu'ineffaçable.

La disgrace, en rendant le Ministre à soi-même, à sa famille, le rend à l'oisiveté. Il pourroit être heureux si son poste ne lui avoit gâté l'esprit : tout ce qui n'est pas affaires d'Etat, lui paroît minuties. En vain appellera-t-il la Philosophie à son secours : la Philosophie guérit les foiblesses de cœur, jamais les maladies de l'esprit. Si les Rois savoient combien la disgrace est dure, non, ils ne pourroient se résoudre à disgracier, ou, pour mieux dire, ils ne donneroient leur confiance qu'à des gens qu'ils ne pourroient disgracier sans se deshonorer.

L X X.

Un Négociateur qui a le malheur d'être reconnu pour fin, n'est propre qu'à dresser des instructions. Il ne peut plus agir par lui-même ; il agira par les autres avec moins de gloire, mais avec plus de succès.

L'éloquence & les négociations se ressemblent en ce que ce fameux précepte des Rhéteurs leur convient également : le plus grand art est de cacher l'art.

Il y a des Négociateurs qui ont le désagrément de passer pour fins sans avoir la gloire de l'être. Toute leur finesse n'est que dans leur physionomie, mal lue parce qu'elle est difficile à lire.

Cette réputation les précede par-tout où ils vont résider ; elle allarme les Conseils, elle inspire la méfiance, elle embrouille les affaires les plus simples, & les fait échouer avant même qu'elles soient commencées.

L X X I.

Il faut plus de lumieres pour imaginer une nouvelle branche de commerce, qu'il n'en faut pour s'enrichir dans ce commerce une fois établi.

Il y a toujours à parier double contre simple, que celui qui a su l'imaginer ne saura pas s'y enrichir, & que celui qui sait s'y enrichir ne saura pas le perfectionner.

Un Ministre ne trouvera guere chez les hommes d'argent que de l'argent. La plupart des Marchands n'ont que deux ou trois maximes, fruit pénible d'une longue expérience. Ils n'ont qu'une seule maniere d'envisager les objets ; & si, par hazard, ils se méprennent dans leur premier jugement, ils n'en reviennent point; il faut attendre qu'une malheureuse expérience les détrompe en les ruinant.

Un homme de condition, qui aura l'esprit des affaires, concevra toujours mieux un projet de commerce qu'un Négociant entendu. L'esprit des affaires embrasse tout, voit tout; l'esprit d'un Négociant passe rarement les bornes de ses intérêts particuliers.

Il est donc aussi inutile de consulter des Négociants sur des projets d'une grande étendue, qu'il est prudent de les consulter sur certaines parties, desquelles ils peuvent juger, & desquelles même il n'y a qu'eux qui puissent bien juger.

Un excès n'est corrigé que par un autre excès; autrefois on ne leur communiquoit rien, parce qu'on les croyoit des automates dressés à gagner de l'argent; aujourd'hui on leur communique tout, comme si la prudence & les talents s'étoient réfugiés dans leurs comptoirs, quoiqu'il soit bien prouvé que leurs lumieres & leur savoir ne sont qu'un peu de réflexions ajoutées à beaucoup de routine.

Flattés de se voir presque nécessaires à l'administration, ils ont voulu figurer dans le monde; & peu s'en est fallu qu'ils ne nous ayent persuadé que leur profession étoit noble. Ils avoient droit à des égards; & ils osent prétendre à cette considération, qui est la seule recompenſe que ſe ſoient réſervés les talents, la vertu, les ſuccès éclatants : de ſorte que cet état trop peu eſtimé par nos peres, eſt trop eſtimé aujourd'hui.

L'homme de condition, couvert de ſang, de ſueur & de pouſſiere, trouve à chaque inſtant ſur ſes pas des rivaux qui ſe glorifient de ne pas lui reſſembler. Il voit que l'honneur eſt une chimere, la pauvreté un ridicule, les ſentiments un démérite, un grand nom une eſpece de crime : comment ne s'écrieroit-il pas dans les accès d'une juſte indignation? Retirez-vous, indignes rivaux ; je vous ai abandonné les richeſſes, mais je me ſuis réſervé les honneurs; reſpectez le ſeul patrimoine qui me reſte, ou je punirai votre inſolence.

Un moyen bien ſûr d'éteindre les ſentiments généreux, l'amour de la Patrie, l'attachement au Prince, en un mot de tarir la ſource des grandes vertus, c'eſt de favoriſer le Négociant, & d'humilier le Gentilhomme. Voulez-vous ne regner que ſur des ames baſſes? opprimez l'ancienne Nobleſſe. Mais ne lui donnez point de ſucceſſeurs : car tel eſt l'Empire de cette chimere, que vous feriez bientôt réduit à renouveller la même oppreſſion. Vous ne voulez que des esclaves, & ce seroit dire à l'avenir: „ Enfante des Héros. *Epitre au Roi, par Marmontel.*

Qu'on ne m'accuse point d'avilir le Commerce, & ceux qui l'exercent. Comment pourrois-je avoir ce dessein, moi, qui suis persuadé que tous les hommes à talents tiennent à un point commun de perfection & d'égalité, qui connois tant d'ames généreuses que l'intérêt n'a point gâtées, & qu'un acte d'humanité à faire ne tenta jamais vainement, & qui ai oui dire à toute l'Europe, que le plus habile Négociant de France, Mr. du Verney, est en même-temps un grand homme de cabinet, & seroit en un besoin un grand homme de guerre?

L X X I I.

Il n'appartient qu'à ceux qui ont de violents penchants au vice, de pratiquer de grandes vertus.

L X X I I I.

Les premieres Loix sont presque toutes mauvaises, parce qu'elles furent faites dans la naissance des sociétés, par les premiers hommes & dans les premiers temps.

Les premiers Rois furent les premiers législateurs. Leurs loix sont sujettes à révision, parce qu'il est à présumer qu'ils furent usurpateurs, & qu'un usurpateur fait des loix pour la sûreté de sa personne, & non pour le bonheur du Peuple qu il asservit.

Tous les Conquérants ont fait des loix : les Philosophes seuls ont fait de sages loix.

Faire des loix est l'ouvrage du besoin, souvent de la tyrannie, quelquefois du moment. Reduire les loix en systême, est l'ouvrage de la Philosophie, de l'humanité.

Un code, dont la forme seroit systêmatique, & dont le fonds ne le seroit pas; un code, où tout seroit abrégé, parce que rien n'auroit été vu; un code, où on établiroit des regles équitables en avertissant qu'on se réserve le droit de les détruire, sans fixer les limites de l'arbitraire; un code, où un Professeur, ou un Chancelier se montreroient à chaque page, & où il faudroit chercher le grand Prince, ne seroit pas un code admirable. Il pourroit cependant l'être par comparaison.

Un livre bien admirable, seroit celui où l'on développeroit les principes du droit

droit naturel, du droit des gens, du droit civil, & les différents rapports que les Loix doivent avoir avec la constitution, le génie, le commerce, la religion, les mœurs de chaque Peuple. Quel courage ne faudroit-il pas pour tenter cette entreprise, pour en voir l'immensité sans en être étonné! quel génie pour choisir, parmi tant de matériaux, les plus propres à élever cet édifice! quelle sagesse pour le conduire à sa perfection!.... Je n'entre point en extase pour une chimere; loin que cet ouvrage soit un Etre de raison, il existe pour l'honneur de la nature humaine. L'esprit des Loix est le code de tous les Peuples, & le Président de Montesquieu est le législateur de l'Univers. C'est, sans exception, le plus beau présent qu'un homme pût faire aux hommes.

Quelques-uns n'y trouvent ni ordre, ni principes, ni bon sens: quelques-uns ne trouvent ni ordre, ni dessein, ni sagesse, dans les chefs-d'œuvres de la Divinité.

Rien ne fait peut-être plus d'honneur à notre siecle, que l'accueil qu'il a fait à ce livre. L'Auteur s'y devoit-il attendre, lui qui contredisoit tant de préjugés ? Qu'il eſt beau de n'avoir pour ennemis que des eſclaves ou des dévots !

S'il y a des fautes dans ce livre, j'oſe avancer qu'elles ne ſeront jamais apperçues par ceux qui ne le trouveront pas le plus beau de tous.

L X X I V.

On porte atteinte à l'honneur d'un Etat toutes les fois qu'on préfere un Roturier à un Gentilhomme de mérite égal, & il n'y a plus d'honneur dans un Etat où le Roturier eſt préféré parce qu'il eſt Roturier.

Un Prince doit protéger la Nobleſſe, par la même raiſon qu'il doit défendre ſes propres droits.

Si c'eſt une chimere, il doit la reſpecter, parce qu'il lui importe qu'on reſpecte la chimere qui le fait regner.

Les Princes qui humilient la Nobleſſe, veulent une contradiction ; ils veulent diſſuader à leurs Sujets que la naiſſance donne de petits privileges, & leur perſuader qu'elle donne le plus grand de tous. Ils oublient qu'ils doivent le pouvoir & le droit de commander aux mêmes principes qui donnent à la Nobleſſe le droit d'obéir les premiers.

Il ne s'agit pas d'examiner ſi ces principes ſont vrais ou faux : ils ſont établis, ils ſont établis utilement, la queſtion eſt décidée. Un Prince Philoſophe s'en moque & s'en ſert.

Concevez bien le déſeſpoir d'un grand & généreux courage qui ſe dit : on ne veut pas que je défende un Trône que mes peres ont fondé. Je date mes ſervices rendus à la Monarchie du moment où la Monarchie a pris naiſſance, & l'on ne me croit pas plus capable d'en rendre que cet homme né du fumier dans une ſeule nuit.

Quels ſont les privileges dont la Nobleſſe demande la conſervation ? de voler aux combats, de braver la mort, d'être pauvre ſans honte, d'acquérir de la gloire, de ſacrifier tout à l'honneur, d'imaginer, d'entreprendre, d'exécuter les plus grandes choſes, ſans autre récompenſe que de l'encens & des lauriers.

La plus noble des Maiſons ſouveraines du monde n'eſt la plus puiſſante, que parce qu'elle a ſu mieux qu'aucune autre ce que c'étoit qu'un Gentilhomme.

Le ſalut & la gloire de la France dépendent de la ville de Metz : elle eſt aſſiégée, elle eſt ſans défenſe, ſans fortifications. Le Roi jette dans Metz quatre mille Gentilshommes : Metz eſt imprénable ; Metz eſt l'écueil des forces de deux puiſſants Empires & de la gloire d'un des plus grands Princes.

„ Nous ſommes tous Gentilshom-„ mes, diſoit Henri IV & à ſa Cour „ & en public. Le projet de la République Chrétienne n'a peut-être exiſté que dans des mémoires : mais Henri le Grand pouvoit le croire poſſible à une Nobleſſe à qui il parloit avec tant de grandeur & de ſimplicité.

Louis XV a bien connu le reſſort de ſon Empire, quand il a multiplié, par ſon Edit de création d'une Nobleſſe militaire, un corps à qui l'on peut ôter la vie, à qui l'on ne peut ôter l'honneur, qu'on peut mettre en pieces, qu'on ne peut mettre en fuite.

C'eſt de la même connoiſſance, c'eſt du même principe qu'eſt parti cet Edit de création d'une école militaire, où cinq cents Gentilshommes apprendront, ſous les yeux de la ſageſſe, le grand art des Héros, aux dépens du luxe & de l'oiſiveté. Etabliſſement comparable aux Invalides, ſi quelque choſe pouvoit être comparé à un établiſſement qui devoit tomber, & qui s'eſt ſoutenu. L'humanité a bâti l'Hôtel des Invalides : la plus profonde politique bâtit l'Hôtel de l'Ecole militaire. Il n'y avoit que Louis XV qui pût imiter si bien Louis XIV.

Souvent un grand homme est humilié de n'être pas d'une naissance illustre ; un plus grand homme est fier de la bassesse de sa naissance. Cicéron étoit fâché de n'être pas né Patricien ; Marius s'enorgueillissoit d'être de la lie du Peuple.

Un Roi qui ne protégera pas les Nobles, ne favorisera pas ceux qui méritent de l'être.

Ces grands noms que vous avez mille fois admirés dans l'histoire de votre Pays, & que vous n'avez jamais oui prononcer dans votre Cour, ne sont pas encore détruits. Ils sont l'unique héritage des descendants cachés dans les bois, dont ils font la gloire, l'occupation, la misere & le désespoir. Ces sentiments d'honneur paroissent éteints ; un mot, un coup d'œil, & ils se rallumeront : vous verrez des prodiges de zele & de valeur ; vous verrez la générosité sortir du sein même de l'oppression. La Noblesse opprimée est toujours prête à pardonner, à vaincre & à mourir.

Les ennoblissements si rares autrefois,

ſont communs aujourd'hui, parce que le principe de l'intérêt n'a pas entiérement détruit le principe de l'honneur auquel il a ſuccédé.

Quand le feu Roi de Sardaigne a dit: „ De tous ces Seigneurs que vous „ voyez à ma Cour, il n'y en a pas „ un ſeul qui ſoit Gentilhomme; dans „ cinquante ans d'ici il n'y aura pas „ un ſeul Roturier : il a parlé comme ſon ſiecle. Quand Louis XI témoigna un mépris public à un homme qu'il avoit ſinguliérement conſidéré avant que de lui avoir accordé des Lettres de Nobleſſe, il penſa comme ſon ſiecle, & ſon ſiecle penſoit en Roi.

C'eſt l'Italie qui a eu les premieres idées du ſyſtême de la Nobleſſe héréditaire : c'eſt l'Italie qui a porté le dernier coup à ce ſyſtême en l'an 1750. Voyez les Gazettes de ce temps-là.

Les loix ſur les duels n'ont point affoibli par elles-mêmes le principe de l'honneur; mais elles ont fait que ce principe n'a pu réſiſter à d'autres cauſes qui l'ont attaqué.

Dans un Pays où il reſte encore de l'honneur, il reſte encore bien des reſſources à un homme de condition. Quels avantages le Comte de W...z.r.

n'a-t-il pas ſur ſes ignobles concurrents, lui qui joint à tout le brillant de ſa famille le courage de vingt Gentilshommes, les lumieres de vingt Parvenus, les talents de vingt Roturiers?

La Nobleſſe qui murmure le plus contre la fortune & contre les diſpenſateurs des graces, eſt celle qui n'a à oppoſer qu'un mérite paſſé à un mérite préſent.

L X X V.

La religion, la ſageſſe, le travail, la frugalité, l'économie, établiſſent la République la plus floriſſante : il ne falloit plus que conſerver ce qu'elle avoit ſu acquérir. La premiere Magiſtrature eſt confiée à un homme ſage & vertueux, mais indolent & borné : la marine eſt négligée, le commerce ſe détruit, les mœurs ſe corrompent, les peres du Peuple en deviennent les tyrans, les finances ſont mal adminiſtrées ; l'indolence regna trente ans, & la Hollande ne fut plus.

Il faut des ſiecles d'activité pour élever un Empire : il ne faut qu'un jour de ſommeil pour le renverſer.

Le Peuple ſe rappelle qu'il a été heureux; il veut ceſſer d'être opprimé, &

il ceſſe d'être libre. Pour recouvrer ſes principes, il a recours au remede le plus propre à les détruire. Il voit la main qui peut le ſecourir; il ne voit pas la main qui veut l'enchaîner.

L X X V I.

Les Académies ont fondé des prix pour la ſolution d'un problême, pour la meilleure ode, pour le diſcours le plus éloquent : aucun Etat n'en a fondé pour le cultivateur qui feroit la plus abondante recolte, pour l'Ouvrier qui porteroit le plus loin l'induſtrie, pour l'Artiſte qui inventeroit une machine plus ſimple ou plus commode.

L X X V I I.

Vous n'avez pas le temps de penſer à tout : ne rebutez donc pas ceux qui penſent. Il n'y a pas moins de gloire à diſcerner le bon & le beau, qu'à l'imaginer.

Il eſt plus difficile de juger de tel projet que de le faire ; & il faut plus de talents, plus de connoiſſances, pour juger avec ſolidité, que pour s'égarer avec eſprit.

L X X V I I I.

Le François eſt aujourd'hui moins

haï, parce qu'il eſt moins redouté ; mais eſt-il moins redoutable ?

Jamais l'Anglois ne fut plus aimé, parce qu'il ne fut jamais ſi bien connu.

L'Anglois & le François ſe ſont partagé l'Europe. Lequel des deux y joue le rôle le plus brillant ?

Le ſiecle paſſé fut le ſiecle de la France ; celui-ci eſt le ſiecle de l'Angleterre.

Louis XIV étoit parvenu à la Monarchie univerſelle, c'eſt-à-dire, à un degré de puiſſance qui le mettoit en état de réſiſter ſeul à tous. L'Anglois y parviendra à ſon tour. Il y parviendra, lorſqu'à l'ombre des jalouſies qu'il aura ſemées contre la France, à l'exemple de la France contre l'Autriche, il aura étendu ſa marine & ſon commerce au point d'attirer chez lui les richeſſes de toute l'Europe.

La Monarchie univerſelle de l'Angleterre ſera plus durable, parce qu'elle ſera plus ſolide ; elle ſera plus ſolide, parce qu'elle ſera plus lente. A certains égards, elle ſera plus équitable, parce qu'un Peuple Roi eſt généreux ; à d'autres égards plus peſante, parce que ce Peuple Roi ſera tout à la fois un Peuple marchand ; à d'autres plus humiliante, parce qu'il n'y a rien de plus orgueilleux que l'empire de la mer.

Louis XIV ne parvint à cet instant de la Monarchie universelle, qu'en foulant ses Sujets pendant tout son regne. L'Angleterre y parviendra, en enrichissant les siens. L'un y alla par la grande route du despotisme; l'autre y ira par les sentiers si peu battus de la liberté.

La grande ame de Louis XIV ne pouvoit se remplir d'une autre idée : le Courtisan nourrissoit ce penchant, le ministere dressa le projet, & la valeur l'exécuta de concert avec la sagesse. L'Angleterre s'élevera à un plus haut degré de puissance sans dessein formé : sa constitution l'y portera, & l'indolence des autres Peuples favorisera sa constitution. Elle sera maîtresse de l'Europe, sans avoir projetté de le devenir. Etonnée de l'étendue de son pouvoir, elle n'en sera assurée que par les frayeurs de toutes les Nations, par leur soumission à ses impérieux oracles, & par leurs ligues impuissantes.

Je ne conçois pas l'aveuglement de quelques Etats : ils craignent les prétentions ambitieuses d'un Empire qui s'épuisera d'hommes & d'argent pour la conquête d'une Province, & ils ne sont point allarmés des progrès d'un Peuple qui tous les dix ans conquiert ſans effort les revenus d'une riche Province. Le vrai Monarque du monde, n'eſt-ce pas celui qui en fait tout le commerce?

L X X I X.

Un objet qui auroit été bien digne de l'attention de l'Abbé de ſaint Pierre, ce ſeroit de convenir qu'en temps de guerre le commerce ſeroit permis entre les parties belligérantes. Elles pourroient prendre des arrangements pour concilier à l'amiable, en temps de paix, leurs intérêts reſpectifs de commerce en temps de guerre. Il eſt ſi difficile de calculer quelle ſera la Nation qui perdra le plus de l'interruption du négoce, qu'il ſeroit, ce me ſemble, plus avantageux de le maintenir. Par-là les Peuples ſeroient plus en état de ſupporter les impôts néceſſaires dans des conjonctures preſſantes. Cette convention que les Princes feroient entr'eux pourroit être regardée comme une conſéquence de cet ineſtimable droit des gens, inconnu aux Anciens. Les mœurs ſeroient adoucies; du moins ce traité en ſeroit-il une preuve, & ſes effets en ſeroient une confirmation. La guerre deviendroit le moins guerre qu'il eſt poſſible.

Ne diſſimulons point qu'il y auroit deux inconvénients à craindre : l'un que les guerres ne fuſſent plus longues, à cauſe de la grandeur des reſſources dont l'inſatiable ambition ne manqueroit pas de ſe prévaloir ; l'autre qu'elles ne fuſſent plus meurtrieres, qu'on ne s'attachât à épuiſer d'hommes un Etat ennemi qu'on ne pourroit épuiſer d'argent, & que l'humanité ne fût ſacrifiée à l'avarice.

L X X X.

Un long uſage de la Cour donne un air d'eſprit à un homme dans le fond très-ſot, & un air de bonté à un homme dans le fond très-méchant.

L X X X I.

A voir le Courtiſan ſi accoutumé à ſervir, on ne le croiroit pas propre à commander : faux jugement. Dans le monde, on peut hardiment juger des hommes par ce qu'ils paroiſſent. Cette regle n'eſt pas bonne à la Cour : il ne faut pas y juger méthodiquement les hommes ; il faut les y deviner. Et qui croiroit que ce timide Courtiſan eſt un intrépide guerrier ; que cet homme que glace un coup d'œil du Prince, fait trembler des armées de cent mille hommes ; chenille à Verſailles, aigle aux champs de Fontenoi ?

LXXXII.

L'eſprit faux & le cœur bas ſe dégoûtent du monde. Avec de la ſanté & des ſentiments, c'eſt-à-dire, pourvu qu'on ſoit fait pour lui, plus on le connoît, plus on s'y plaît.

Il n'en eſt pas de même de la Cour. Le Sage n'y doit aller que pour examiner le jeu des paſſions ; c'eſt le vrai lieu des réflexions profondes : le hazard n'y fait rien, l'artifice & la prudence conduiſent tout dans ce pays, qu'on peut regarder en même-temps comme le théâtre de la politique & le domaine de la fortune.

On peut aimer le monde, parce qu'on y voit de la vertu : on peut haïr la Cour, parce que s'il y a de la vertu, il la faut deviner.

Cour & vertu ſont des choſes contradictoires. S'il y avoit de la vertu à la Cour, la Cour ne pourroit plus ſubſiſter, comme elle ne pourroit plus ſubſiſter s'il n'y avoit plus de mœurs, qui ſont comme les ombres de la vertu.

L'objet du Courtiſan, c'eſt la fortune ; le reſſort de la Cour eſt donc l'intérêt.

La Cour ſubſiſte ſans trouble, ſans agitation, tant que le Prince eſt honnête homme.

S'il eſt foible ou vicieux, il eſt le jouet des vagues & des tempêtes, & le témoin impuiſſant des combats des Courtiſans, forcés à plier & preſqu'auſſi-tôt relevés qu'abattus.

Dans ce ſiecle de bon ſens, on a tenté de remédier à tous les abus qu'on a connus : il n'y a que la tyrannie de l'étiquette qui ait échappé à la réformation. Les minuties ſont-elles donc ſi eſſentielles aux Princes? Je crois que l'étiquette doit la conſervation de ſes ennuyeux privileges à la crainte des murmures du Peuple de la Cour ; Peuple (qui le diroit?) le plus indocile, le plus ſatyrique de tous. L'étiquette eſt l'eſclavage des Princes. Qu'ils doivent être las le ſoir des reſpects, du cérémonial, de la ſervitude de la matinée!

Il regne aujourd'hui en Europe un homme qui n'a ni Cour ni Conſeil.

Il faut être bien grand par ſoi-même, il faut être bien ſûr de ſa ſageſſe, pour ſe priver avec ſuccès de deux choſes, qui ſont la grandeur & la ſageſſe de la plupart des Rois.

J'ai dit que cet homme regnoit en Europe, parce que c'eſt l'homme du ſiecle.

L X X X I I I.

Tout Prince qui n'aura pas une réputation problématique, ne vivra que dans l'Hiſtoire particuliere de ſon pays. Les Antonins ont épuiſé la ſource des grandes réputations de vertu.

L X X X I V.

Les Loix les plus douces qu'un Roi puiſſe donner à ſon Peuple, ce ſont les Loix les plus ſéveres contre ſes oppreſſeurs.

L X X X V.

Un Etat eſt heureux, lorſque le Prince n'a d'autres favoris que ſon Peuple : un Etat eſt plus heureux, lorſque le favori du Prince eſt l'Avocat du Peuple, l'ami de la vertu, le protecteur du commerce : un Etat eſt infiniment heureux, lorſque les qualités & la conduite du favori repréſentent à l'Empire l'ame du Monarque, & que tout l'Empire y voit une ame accomplie.

LXXXVI.

Pour remplacer un mauvais Miniſtre, le Prince n'a qu'à ſe conſulter lui-même; pour en remplacer un bon, il doit conſulter le Public, & choiſir celui qui réunira l'unanimité des ſuffrages. Cette maxime eſt priſe de la conduite d'un grand Prince, qui a cru ne pouvoir réparer dignement une grande perte qu'en choiſiſſant celui que la Cour & la Ville, ſon Peuple & l'Etranger lui indiquoient; Miniſtre d'autant plus eſtimable, qu'il a fallu vaincre ſa philoſophie, & qu'on peut lui appliquer ces beaux vers de Claudien:

Doluit fortuna minorem
Se confeſſa viro: magnum delata poteſtas,
Majorem contempta probat.

LXXXVII.

En France, le Roi ne ſigne preſque jamais. Cet uſage vient de Charles IX, qui avoit coutume de dire à Villeroi, qui venoit lui préſenter des papiers à ſigner lorſqu'il jouoit à la paume: " Signez, mon Pere, ſignez pour moi.

Cet uſage a ſes inconvénients: il étend trop loin le pouvoir des Sécrétaires d'Etat;

tat ; il ouvre une large porte à des ordres subreptices ; il peut armer la police de pieces d'autorité qui ne devroient jamais lui être confiées : le Royaume peut être gouverné tyranniquement, sans que le Prince en sache rien ; l'abus des lettres de cachet peut s'étendre ; un Commis du Bureau peut mesuser de la confiance du Sécrétaire d'Etat.

Ces inconvénients sont rachetés par des avantages sans nombre. Les inconvénients sont encore à craindre, au lieu qu'on jouit actuellement des avantages. Le Prince débarrassé d'un acte purement méchanique, dont le dernier des hommes peut s'acquitter aussi-bien que lui, peut donner à des choses importantes, & qui ne peuvent se bien faire sans lui, un temps qu'il auroit employé à signer son nom. Cet usage étend le pouvoir des Ministres, & en cela il est excellent, parce que ne l'étendant que sur des bagatelles, le Prince n'est plus embarrassé sur le choix des affaires : il n'en a plus à régler que d'importantes ; on ne lui soustrait que celles qui sont indignes de lui. De plus, comment un Roi de France pourroit-il éviter la surprise ? Ne seroit-il pas également aisé aux Particuliers & aux Ministres de lui faire ſigner tout ce qu'on voudroit? Pourroit-il lire des papiers qu'il ne pourroit pas ſigner en un jour? Joignez à cela, que tout étant protocolé, il ſeroit très-difficile aux Sécrétaires d'Etat de prévariquer, & que pouvant être recherchés avec d'autant plus de raiſon, chaque portion de confiance qu'on leur accorde eſt très-propre à diminuer le joug, qui ne peut être ni long ni peſant dans un Etat où l'exercice de l'autorité eſt partagé entre pluſieurs perſonnes. Le droit de ſigner pour le Roi eſt ſi peu de choſe, que les Miniſtres l'abandonnent toujours aux Commis.

Ce que je viens de dire n'empêche pas que cet uſage ne fût très-mauvais dans tous pays où les trois pouvoirs ſont raſſemblés ſur la tête d'un ſeul, & que l'uſage contraire, dès qu'il eſt praticable, ne ſoit infiniment meilleur. Il eſt à préſumer qu'un Prince toujours occupé ne s'endormira pas ſur le Trône, ou que ſon ſommeil ſera court. La néceſſité qu'il s'eſt impoſée de vaquer aux petites affaires, le rappellera toujours aux grandes.

Ces réflexions amenent celle-ci : il eſt des Etats où il eſt bon que le Roi ne ſigne rien, & des Etats où il eſt bon que le Roi ſigne tout.

LXXXVIII.

Il y a dix ans que les femmes ſoutiennent que Chloé eſt paſſée, & que les hommes avouent qu'elle paſſe : cependant Chloé regne encore, & regne ſeule.

LXXXIX.

Le ſiecle paſſé offrit à l'Europe un phénomene bien frappant. On vit une fille ſans protection triompher d'une cabale puiſſante, une fille ſans agréments plaire à une Cour délicate, une fille ſans eſprit gouverner un Etat où elle étoit étrangere, une fille ſans principes répandre hardiment ſes volontés ſuprêmes dans toutes les Provinces deux fois par ſemaine, une fille ſans ambition parvenir au plus haut degré de faveur, une fille ſans amour ruiner ſon crédit par un mariage qui l'augmentoit.

XC.

Il eſt rare qu'il y ait plus d'un Miniſtre d'Etat dans les Pays mêmes où il n'y a point, où il n'y eut jamais de premier Miniſtre d'Etat.

XCI.

Il faut que le Prince écoute, décide,

gouverne, & que ſes Miniſtres propoſent, parlent, paraphent.

Timor & Deus ille Deorum.

Un Prince eſt gouverné, quand il ne craint pas de l'être : il eſt gouverné quand il n'a pas l'eſprit des affaires, & qu'il a le goût des plaiſirs : il eſt gouverné, quand il n'a pas ſu dérober ſes foibles à la pénétration de ſes Miniſtres : il eſt gouverné, quand une tête de ſon Conſeil a acquis un certain empire ſur les autres têtes : il eſt gouverné, quand il ſe répond, oui, à cette queſtion : ſuis-je heureux d'être Roi? eſt-il aiſé de l'être?

Pierre de touche. Un Prince a du penchant à ſe laiſſer gouverner quand il s'ennuye d'être Roi; & quand il ne s'en ennuye plus, il eſt gourverné.

Dans le Nord, les Rois ont toujours plus gouverné par eux-mêmes que dans le Midi, parce qu'il y a toujours eu plus de raiſon du côté des Peuples, & moins de pouvoir du côté des Princes.

L'extrême pouvoir produit le même effet que l'extrême ſervitude, l'accablement. Les Rois du Midi, toujours Sujets de leurs eſclaves, abandonnent le ſoin de leur Empire par la même raiſon qu'un Laboureur abandonne la culture de ſon champ.

X C I I.

Le projet de Mr. Law étoit excellent en lui-même; mais il fut mal exécuté: on le préſenta mal, puiſqu'il étoit dit dans l'Ordonnance de création des Billets de banque, que les Particuliers les prendroient, & que le Roi ne les prendroit pas. Cet établiſſement ne portoit que ſur la confiance; & l'on commençoit par détruire toute confiance.

L'Arrêt du 27 Février 1720. fixa à 500 livres la ſomme d'argent que chaque Particulier pouvoit garder; & la Déclaration du 11 Mars de la même année abolit l'uſage des eſpeces d'or. Et pourquoi, s'il vous plaît?

Riſum teneatis, amici.

„ Pour procurer la diminution du prix „ des denrées, ſoutenir le crédit public, faciliter la circulation, augmenter le commerce. D'où il s'enſuit fort clairement que pour augmenter le commerce il faut commencer par le ruiner, que pour faciliter la circulation il faut avoir le moins que l'on peut de matieres circulantes.

Que ce projet ait été formé, cela ne me ſurprend point, il faut que tout ſoit penſé; qu'il ait été agréé, une bonne tête fait paſſer bien d'autres abſurdités; mais qu'on ſe ſoit oublié juſqu'à en rendre raiſon : & quelle raiſon! c'eſt ce que je ne puis comprendre.

Le Souverain s'érige ici en Sophiſte. Mais cette logique, excellente dans un Conſeil où l'on ſonge toujours aux expédients & jamais au réſultat de ces expédients, n'a nulle force vis-à-vis d'un Négociant & d'un Citoyen.

De plus, Mr. Law attaque ici la propriété des biens, en attaquant la propriété du ſigne repréſentatif. Tant il eſt vrai que pour renverſer la conſtitution, il faut renverſer toutes les idées. Il eſt étonnant que le plus grand promoteur du Deſpotiſme en France, ait été un homme élevé dans le ſein même de la liberté.

Law, pour le bien de la France, n'auroit jamais dû y entrer, ou bien il n'auroit jamais dû en ſortir. Ce grand génie, inſtruit par ſes fautes, rendu à lui-même par ſes diſgraces, ſeroit revenu à ſes calculs avec ſuccès. Lui ſeul pouvoit faire les maux qu'il fit; lui ſeul pouvoit les réparer. Il étoit né pour le

Régent, & le Régent l'étoit pour lui. On ne peut lui reprocher que trop de précipitation dans ſon entrepriſe, & un excès de zele mal entendu pour le ſervice & la grandeur de ſon Maître. Il vouloit anéantir tous les pouvoirs intermédiaires ſubordonnés :

Debuit hoc ſaltem non licuiſſe tibi.

X C I I I.

La France accuſe aujourd'hui un de ſes Miniſtres du même deſſein ; mais ce Miniſtre eſt trop éclairé pour que ces ſoupçons ſoient fondés. Le Contrôleur-Général doit reſpecter par intérêt & par prudence la conſtitution préſente que le Garde des Sceaux doit maintenir par état.

L'objet de Mr. de Machault paroît être uniquement de rétablir, d'augmenter le crédit public ; & combien la deſtruction des pouvoirs intermédiaires ſubordonnés ne nuiroit-elle pas à cet objet? c'en ſeroit fait de la France : le Roi paſſeroit rapidement d'un état de puiſſance accidentelle à un état réel de foibleſſe ; il acquerroit une richeſſe momentanée, & tomberoit dans une éternelle pauvreté.

Ce Ministre est trop judicieusement attaché au bien & à la gloire de son Prince, pour commettre réellement, à l'ombre de quelques raisons spécieuses, un crime de leze-majesté : car j'ose dire que c'en seroit un que d'attenter à la vie des corps dépositaires des Loix. Il sait qu'un Roi est assez grand en se bornant à l'inspection générale, & qu'il n'auroit qu'une puissance d'emprunt en gouvernant tout immédiatement par lui-même.

Il est bien éloigné de penser comme ces Ministres, qui n'étendent l'autorité de leur maître que pour étendre la leur.

Plus un Prince a de pouvoir, de ce pouvoir indépendant des Loix, moins il a de sûreté.

Et cela est si vrai que dans les Pays même où le pouvoir du Souverain est le plus étendu, c'est une maxime constante du ministere de se conduire comme s'il ne l'étoit pas : on y est aussi attentif à conserver ces droits, qu'on l'est à n'en pas jouir.

L'excès du pouvoir peut flatter un petit esprit : un homme sage en préférera toujours un modéré. L'autorité absolue est, si l'on veut, admirable dans la théorie ; elle est très-pernicieuse dans la pratique. Et à quoi bon l'arbitraire, si ſi ſes effets ſe tournent contre ceux qui l'exercent ?

Ce ſeroit donc trahir le Roi de France, que de lui perſuader qu'il peut ou qu'il doit paſſer les bornes qu'il s'eſt lui-même preſcrites, en détruiſant ces corps politiques qui empêchent que ſa puiſſance ne devienne exceſſive.

Qu'on ôte à ces compagnies importunes, qui font des difficultés ſur tout, le droit de faire des remontrances qui ayent un effet ſuſpenſif. Que réſultera-t-il de ces diſpoſitions ? L'aliénement des Peuples, qui frappés de ces changements en craindront de plus funeſtes, & à qui on arrachera par force des tributs qu'ils auroient payé de bon gré : l'extenſion du pouvoir du Conſeil, qui foulera s'il le juge à propos les Sujets, ſans craindre que les pleurs des malheureux & les gémiſſements des Provinces parviennent juſqu'au Trône : la certitude de l'impunité dans une mauvaiſe adminiſtration, & par conſéquent l'oppreſſion de l'Etat : le diſcrédit des fonds publics dans l'intérieur & dans l'Etranger ; dans l'intérieur, où l'on verra tout conduit par la fantaiſie d'un ſeul, dans l'Etranger, où l'on craindra toujours que la probité la mieux connue ne ſoit emportée par les circonſtances : les exactions illimitées des Prépoſés aſſurés de juges complices & indulgents : le renverſement des Loix par le tranſport qu'il faudroit faire du dépôt des Loix au Conſeil d'Etat qui ne ſauroit en être dépoſitaire, parce qu'il ne peut ni ne veut les entendre : la deſtruction de toute autorité légitime, par la deſtruction des canaux d'où elle dérive : l'impoſſibilité de ramener les Peuples dans des temps difficiles, faute d'un corps qui eût leur confiance : la néceſſité de recourir à des moyens violents pour s'aſſurer de l'obéiſſance, & de tourner contre les Citoyens les armes des Citoyens : les troubles dans des temps de minorité, par la difficulté d'établir la Régence, & de la maintenir contre les entrepriſes des mécontents & des ambitieux : en un mot, la perte de tous les avantages qui ont rendu la France le premier Royaume du monde.

Pour peu que les Parlements mettent de vigueur dans leurs remontrances, il vient toujours dans l'eſprit de les priver de ce droit de remontrer, de vérifier, d'enrégiſtrer, d'homologuer. On ne voit pas que ce ſont ces ſages lenteurs qui moderent la vivacité néceſſaire aux

Conſeils, que les Miniſtres trop entreprenants ont des ſurveillants qui les arrêtent, qui les ramenent à la réflexion & à l'utilité publique ; & que ſi les compagnies ſouveraines ne conſervoient pas le droit de remontrer, la miſere où tomberoit l'Etat empêcheroit bientôt le Conſeil de faire aucun Edit qui eût beſoin de remontrances. Qu'on ne s'y trompe pas ; c'eſt ce droit, cette faculté d'empêcher les impôts exceſſifs, qui met le Prince en état d'en mettre, d'en lever d'exceſſifs.

Le Parlement de Paris s'eſt conduit depuis près de deux ans avec une fermeté & une prudence qui lui ont valu des remerciments du Prince, l'affection de tous les bons François, & l'eſtime de toute l'Europe.

Je viens de recevoir le diſcours de Mr. le premier Préſident au Roi, & la réponſe de Mr. le Chancelier, au ſujet de l'arrêté que le Parlement prit le mois paſſé de ſupplier Sa Majeſté de mettre des bornes à ſes dépenſes particulieres & perſonnelles. Je vais joindre ici ces deux pieces ; elles ſerviront à appuyer mes réflexions, & à délaſſer le Lecteur de la maniere dont je les ai rendues.

» Sire, Vous avez ordonné, & vo-

„ tre Parlement a obéi. Comptable de „ sa conduite au plus juste des Rois, il „ ne craint pas que les efforts qu'il a faits „ auprès de Votre Majesté, & qui ont „ retardé l'effet de son obéissance, lui „ soient imputés à défaut d'obéissance.

„ Il est, Sire, une obéissance primi- „ tive à laquelle vous avez voulu qu'il „ se liât par la foi du serment; c'est de „ vous représenter tout ce qui est de „ l'intérêt de votre service & du bien „ de vos Sujets, toujours inséparable „ du vôtre.

„ Quand il le fait, il vous en donne „ au contraire le témoignage le plus „ authentique, en remplissant un de- „ voir dont vous l'avez chargé, & dont „ aucune considération particuliere ne „ peut être capable de le détourner. „ Tels sont, Sire, les principes qui „ dans tous les temps ont réglé les dé- „ marches de votre Parlement.

„ Sujets soumis, mais Sujets fideles, „ nous oserons toujours vous présen- „ ter la vérité : pardonnez-nous, Sire, „ si nous vous disons qu'il est même „ des occasions où la conscience peut „ exiger de nous de faire céder l'o- „ béissance actuelle à cette obéissance „ primitive que nous vous devons.

„ La vérification du dernier Edit envoyé à votre Parlement, nous a paru „ être une de celles où nous avions à „ balancer ces deux obligations que le „ devoir nous impoſe.

„ Mais raſſurés par votre ſageſſe, „ nous n'avons pu douter que pénétré „ de l'importance des réflexions que „ nous mettrions ſous vos yeux, vous „ ne priſſiez dès ce moment les meſures les plus néceſſaires pour prévenir „ les maux que l'augmentation ſucceſſive des dettes de l'Etat en temps de „ paix nous fait enviſager.

„ Bien loin, Sire, d'en vouloir con„ tracter de nouvelles, vous vous étiez „ promis, en établiſſant le vingtieme, „ d'éteindre une partie des anciennes, „ année par année; & vous faiſiez eſ„ pérer à vos Sujets que vous les dé„ chargeriez inceſſamment de cette im„ poſition rigoureuſe, en trouvant ſur „ vos revenus ordinaires dequoi rem„ plir les vues de prudence & d'arran„ gement que vous vous étiez propo„ ſées : projet véritablement digne de „ votre bonté Royale.

„ Mais, Sire, les dépenſes annuel„ les ſont portées au point que vos re„ venus ordinaires augmentés, non-

„ ſeulement du produit de preſque tous
„ les impôts qui ont eu lieu pendant
„ la guerre, mais même du vingtieme
„ pendant la paix, ne peuvent y ſuf-
„ fire.

„ C'eſt là, Sire, ce qui a déterminé
„ votre Parlement à nous charger de
„ vous ſupplier avec les inſtances les
„ plus reſpectueuſes, d'examiner, ſi
„ par le retranchement de quelques dé-
„ penſes il ne ſeroit pas poſſible de
„ favoriſer l'exécution d'un projet que
„ l'intérêt de votre gloire, le bien de
„ l'Etat & l'amour de vos Sujets vous
„ ont inſpiré.

Ce diſcours me paroît un chef-d'œuvre de ſageſſe, d'éloquence & de fermeté : ces mots, Sujets ſoumis, mais Sujets fideles, diſent beaucoup, & préſentent un principe très-fécond & très-lumineux. L'idée entiere de la conſtitution de la Monarchie Françoiſe eſt renfermée dans cette diſtinction également ſage & hardie entre les droits de l'obéiſſance actuelle & les droits de l'obéiſſance primitive. Mr. le Chancelier répondit ſur le champ:

„ Le Roi ſera toujours diſpoſé à re-
„ cevoir favorablement les preuves que
„ ſon Parlement cherchera à lui donner

„ de ſon zele pour ſon ſervice & le bien
„ de ſon Etat.

„ Mais Sa Majeſté ne peut recon-
„ noître ces ſentiments dans la maniere
„ dont il a procédé à l'enrégiſtrement
„ de ſon Edit de création de rentes via-
„ geres & de rentes ſur les poſtes.

„ Indépendamment des délais appor-
„ tés à l'exécution de ſes ordres réité-
„ rés, Sa Majeſté a vu avec ſurpriſe
„ que dans les délibérations qui ont été
„ priſes par le Parlement à l'occaſion
„ de l'enrégiſtrement de cet Edit, on y
„ a traité des objets qui ſont étrangers,
„ & diſcuté des matieres dont il ne lui
„ appartenoit pas de prendre connoiſ-
„ ſance.

„ L'intention de Sa Majeſté eſt donc
„ qu'il ſe renferme dans l'examen des
„ Edits qui lui ſont envoyés, ſans s'é-
„ carter des bornes de l'autorité qu'il
„ veut bien lui confier.

„ Sa Majeſté déſapprouve formelle-
„ ment que ſon Parlement ait cherché
„ à faire entendre que les fonds pro-
„ venant de l'impoſition du vingtieme
„ étoient employés à d'autres uſages
„ qu'à celui auquel Sa Majeſté les a
„ originairement deſtinés, comme s'il
„ étoit permis d'élever des doutes ſur

I 4

„ la fidélité des engagements que Sa „ Majeſté veut bien contracter.

„ La ſimple lecture de l'Edit qui ordonne „ l'établiſſement de la caiſſe d'amortiſſement „, les diſpoſitions que Sa Majeſté „ a voulu qui y fuſſent inſérées „, & leur exécution par les payements „ faits publiquement juſqu'à ce jour „, détruiſent tout prétexte d'une „ allégation auſſi peu meſurée, & à laquelle „ l'ignorance des faits pourroit „ ſeule ſervir d'excuſe, s'il pouvoit y „ en avoir dans une pareille circonſtance.

„ Si la crainte que le nouvel emprunt „ ne donnât lieu à quelque diſcrédit „ dans les finances avoit eu quelque „ réalité, n'étoit-il pas du devoir de ſe „ ſervir de tout ce qui pouvoit tendre „ à éclairer le Public, & à le deſabuſer „ d'une idée ſi fauſſe? & la voye des „ remontrances & des repréſentations „ multipliées n'étoit pas celle que ce „ devoir auroit dû inſpirer.

„ Sa Majeſté compte qu'à l'avenir „ ſon Parlement cherchera à lui prouver „ ſon zele pour ſon ſervice par des „ témoignages dont elle ait lieu d'être „ contente, & dont elle puiſſe lui marquer „ ſa ſatisfaction.

Cette réponſe eſt telle qu'elle a dû être. Sur le rapport que Mr. de Maupeou en fit à la Cour, elle prit un parti véritablement digne d'elle.

Elle arrêta donc unanimement " qu'il „ ſeroit fait regiſtre du diſcours de Mr. „ le premier Préſident & de la réponſe „ du Roi, & que la Cour perſiſtant „ dans ſon Arrêt d'enrégiſtrement du „ 29 Mai & dans ſon arrêté particulier „ dudit jour, elle continueroit de don„ ner audit Seigneur Roi les mêmes „ preuves du zele qui l'anime pour ſon „ ſervice & pour le bien de l'Etat, tou„ tes les fois que ſon devoir & les cir„ conſtances le permettront. 19 Juin „ 1751.

Ces procédés du Parlement ſont bien différents de l'Arrêt que le Sénat rendit en faveur d'Auguſte l'an de Rome 728. Par cet Arrêt, " il lui accordoit l'affran„ chiſſement des liens de toutes les „ loix, afin qu'il ne fût jamais obligé „ ni de faire ce qu'il ne voudroit pas, „ ni de ne point faire ce qu'il voudroit: Privilege donné dans des temps tranquilles, & qui auroit dû être refuſé même dans des temps orageux où il auroit paru néceſſaire; privilege dont Auguſte ne fit pas mauvais uſage, mais dont ce ſtupide Sénat devoit prévoir que ses successeurs abuseroient cruellement.

Quelques Etrangers, peu au fait de la constitution de la Monarchie Françoise, ont dit & imprimé que le Parlement de Paris n'étoit dans le fond qu'une Cour de justice. Qu'ils sachent que des douze Parlements de France, il n'y en a pas un seul qui ne soit infiniment supérieur à quelque Cour de justice que ce soit.

Quand j'ai dit que l'excès du pouvoir étoit nuisible, je n'ai pas eu intention de parler de tous les autres Etats; j'ai parlé d'un Pays où il y a 3700 Villes ou bourgs & vingt-cinq millions d'habitants.

X C I V.

L'administration des finances décide de la grandeur d'un Etat. Cette partie du ministere rappelle à soi toutes les autres parties. Un habile Contrôleur-Général donnera le ton à toutes les affaires, décidera dans tous les Conseils sans y être admis, ramenera tout à ses desseins sans être pénétré.

Qui veut regner doit se saisir de cette place: on est le maître, quand on y porte cette réputation de désintéressement qui gagne les cœurs, & cette réputation de dextérité qui ſubjugue les eſprits.

Voyez quelle influence l'Empire que Mr. de Machault exerce ſur les affaires générales, lui donne ſur les affaires particulieres. Seul il connoît les forces & les reſſources de l'Etat; ſeul il peut trouver les moyens de les augmenter; ſeul il peut prévoir les événements, parce qu'il peut s'en rendre maître.

Quelle place que celle qui décide du deſtin d'un Empire; qui peut enrichir l'opulence, ou appauvrir l'indigence même; & faire d'un Turenne, un malhabile homme; d'un Général ſans lumieres, un Démétrius Poliorcete; d'un Ambaſſadeur ſans talents, un Négociateur conſommé!

Quand je vois un Miniſtre de finance ſe livrer à ces minuties qui ſont du reſſort des petits eſprits, je lui dirois volontiers: moins de timidité, moins de lenteur; laiſſez ces détails à votre Sécrétaire; qu'il vole terre à terre, c'eſt à vous de prendre l'eſſor. Un ruiſſeau vous arrête, & vous avez des fleuves à franchir: la moindre difficulté vous effraye, vous qui, au bord d'un précipice, devez en meſurer des yeux la profondeur ſans effroi.

Quand un Contrôleur-Général eſt

accusé de tyrannie par le Peuple, il n'est coupable que de dureté : quand il est accusé de dureté, il n'est que ferme : quand il est accusé de malversation, il en est coupable.

X C V.

Les Anglois passent aujourd'hui pour entendre mieux les finances qu'aucun autre Peuple : c'est leur constitution qui l'entend pour eux.

Leurs calculs sont fort simples ; leurs opérations n'ont rien de merveilleux : mais, malheureusement pour les hommes, il est merveilleux qu'il y ait une Nation qui les fasse, parce qu'il n'y en a qu'une.

La gestion des finances en Angleterre a précisément autant de degrés de supériorité sur celle des finances de France, que la constitution Angloise a de degrés de liberté sur le Gouvernement François. C'est une regle générale : les revenus publics sont plus ou moins bien administrés, suivant que les Peuples sont plus ou moins libres.

La solidité du crédit Anglois fait que cette Nation tire des richesses immenses d'une méthode d'emprunts qui ruineroit un Particulier. En France un emprunt crée une dette, & ſouvent un beſoin; en Angleterre un emprunt éteint toujours un beſoin, & crée en même-temps un revenu.

Comment les Anglois ſeroient-ils embarraſſés de trouver de l'argent dans les néceſſités preſſantes? Le papier des fonds publics devient parmi eux, & marchandiſe, & monnoye.

Une Nation eſt bien puiſſante dès que toute l'Europe s'intéreſſe à ſa proſpérité; & l'Angleterre eſt dans ce cas: cas unique.

Une expérience de deux cents ans nous apprend que les dettes Républicaines ne ſont guere plus aſſurées que les dettes Monarchiques. Cette expérience ne prouve rien contre la République d'Angleterre, parce qu'elle a pour objet principal de ne reſſembler en rien à cet égard, ni aux Républiques, ni aux Monarchies.

Le crédit de la France commence à prendre : mais quelle différence entre ces deux Nations! La France ne diminue pas les Impôts & emprunte à cinq, à ſix pour cent : l'Angleterre réduit les intérêts, & abolit les Impôts.

Malgré les préjugés avantageux que l'Europe a dû concevoir après cette guerre du crédit de la France, il eſt moralement impoſſible qu'il approche jamais de celui de l'Angleterre, parce qu'il eſt fondé ſur la probité du Prince, au lieu que celui d'Angleterre eſt fondé ſur l'intérêt du Peuple : or, l'intérêt eſt un motif plus ſolide & plus propre à s'attirer la confiance, que la probité.

X C V I.

Un homme en Place, jaloux de ſa réputation & de ſa gloire, ne devroit jamais oublier que des actions admirables tant que le Prince eſt ſur le Trône, ſont des crimes dès qu'il deſcend dans le tombeau.

X C V I I.

Robert Walpole étoit un de ces génies ſupérieurs qui laiſſent parler.

Les grands Politiques n'ôtent jamais le droit de murmure, d'une épigramme, d'un couplet, à ceux qui veulent bien s'en contenter.

Pour être digne de gouverner, il faut aimer le Peuple, & ſavoir le mépriſer.

X C V I I I.

Le bonheur des trois Nations commerçantes de l'Europe, c'eſt qu'il y a dans le monde une Nation propre à posséder inutilement les plus grands trésors.

XCIX.

Il est dans le Nord une Nation qui travaille admirablement bien l'or qu'elle ne produit pas, & qui ne sait pas travailler le fer qu'elle produit.

C.

L'esprit n'est bon que pour ceux qui n'ont point une grande destinée à remplir : il rend une conversation brillante. Le bon sens est nécessaire à ceux qui ont un premier rôle à jouer : il rend glorieuse toute une vie.

C I.

Un Roi sans maîtresse est bien estimable, s'il est en même-temps sans dévotion.

C I I.

Un homme de condition, riche, éclairé, vertueux, n'est homme privé dans aucun Etat.

C I I I.

C'est la supériorité des forces qui donne le pouvoir absolu ; ce sont les meurs qui l'empêchent d'être arbitraire. Les Loix gouvernent les Peuples; les mœurs gouvernent les Princes.

C I V.

Il y a peu de belles vies en détail: les grands hommes ne le ſont qu'en gros.

C V.

Tel homme paroît grand quand il eſt iſolé, qui redevient petit quand il rentre dans la foule. Il eſt bien difficile de ſortir de l'ordre commun, dans un Pays où l'on eſt à portée des comparaiſons.

C V I.

Où vous ne voyez point de ces gens eſtimés, recherchés, chéris, quoiqu'ils ne tiennent à rien, quoiqu'ils ne faſſent point de cabale pour s'avancer, prononcez hardiment qu'il n'y a point de talents dans ce Pays-là.

C V I I.

Un Roi Africain eſt un Dieu pour un Africain; pour un Marchand Européen, ce Dieu-là eſt à peine un homme. Je m'imagine qu'un Anglois, bien Anglois, regarde les Rois à peu près du même œil que Solon regardoit Créſus.

Quand

Quand je vois, me disoit un Philosophe, les Grands de la terre humiliés, méprisés, avilis, mon cœur s'ouvre à la joye; il me semble que cela élargit mon être. Je vois, par exemple, avec plaisir dans l'histoire un Empereur Romain assis sur un Trône d'or, travesti en Jupiter Capitolin, donner audience à des Ambassadeurs Gaulois, demander à un Artisan de leur suite ce qu'il pensoit de lui, & le Cordonnier Gaulois lui répondre : " Vous me paroissez quelque „ chose de fort risible.

CVIII.

Souvent un homme n'est modeste, que parce qu'il ne sait pas être orgueilleux.

Un Ministre vous accueille avec affabilité, parce qu'il n'a pas le talent de vous accueillir avec hauteur. C'est un don naturel, que le don des politesses insultantes.

CIX.

C'étoit un bon projet que celui qui fut il y a quelques années présenté à une société établie à Londres pour la réformation des mœurs : il consistoit à obtenir un acte du Parlement pour l'établissement d'un quartier privilégié, où les jeunes gens pussent vaquer sans péril au plaisir.

Solon, s'il en faut croire Athénée, entretenoit aux dépens du fisc un lieu public pour l'usage de la jeunesse; il consacra cette institution par un Temple dédié à Vénus publique. C'étoit une police bien entendue. Quand les abus sont nécessaires, il vaut mieux le soumettre à des loix, que de les abandonner à leurs propres désordres : quand on ne peut détruire le vice, il faut du moins l'assujettir.

Le titre de Sage donne à Solon un air bourgeois & pédant. C'étoit pourtant un des plus aimables hommes de l'antiquité : " Je vieillis, disoit-il, en faisant
„ assiduement ma cour aux Muses, à
„ Bacchus & à Vénus, qui sont les seu-
„ les sources du plaisir des mortels.

C X.

Ramener aux temps modernes les temps anciens, source de mauvais raisonnements. Nous condamnons les deux Brutus, & il n'est pas encore bien prouvé qu'il nous soit permis de les juger. Il n'appartient qu'à des hommes qui connoissent tout le prix de la liberté, de décider s'il eſt beau d'immoler ſon pere & ſes fils à la liberté. " Pour juger, dit „ Montaigne, des choſes grandes & „ hautes, il faut une ame de même; „ autrement nous leur attribuons le „ vice qui eſt le nôtre.

Ce n'eſt pas dans un ſiecle où le luxe amollit toutes les ames, qu'il faut juger les temps où l'on alloit chercher le mérite dans les cabanes.

Tous les ſiecles n'ont pas des ames de la même force, parce que tous les ſiecles n'ont pas le même Gouvernement.

Les principes des Romains produiſoient des effets ſi puiſſants ſur leurs eſprits, qu'on diroit que c'étoient d'autres ames. Nous avons des talents, ils avoient des ſentiments.

C X I.

Un grand crédit donne un grand pouvoir, & une bonne tête donne un grand crédit : voyez les Princes d'Orange.

C X I I.

La conſidération qu'on accorde aux talents & aux vertus d'un Citoyen fait ſa Nobleſſe particuliere, & c'eſt ſur les droits de cette Nobleſſe qu'il eſt permis de rassembler toutes les délicatesses du point d'honneur.

C X I I I.

Les Politiques, les Moralistes & les Théologiens ont ceci de commun, qu'ils se proposent de conduire les hommes à la perfection, & qu'ils seroient bien fâchés qu'ils arrivassent.

C X I V.

On dit d'un homme qu'il est fin comme un Courtisan ; c'est ne rien dire. Chaque condition a sa politique, sa finesse, ses ruses, ses Courtisans, parce qu'elle a ses intérêts & des hommes qui les embrassent vivement. Le fameux Comte de Guldestein, cet homme qui, à l'âge de cent ans, avoit peut-être encore plus d'esprit naturel que d'esprit acquis, disoit avec raison : " De la politique, du manege, tout le monde " en a également, & mon Marmiton " autant que moi.

C X V.

La réputation d'un premier Ministre est bientôt fixée après sa mort. Elle ne dépend ni de ses créatures ni de ses ennemis ; il est jugé par ce troisieme parti, qui n'a ni leurs passions, ni leurs intérêts, ni leur aversion, ni leur reconnoissance.

Dès que le Cardinal de Fleuri eut par sa mort rendu la liberté aux jugements de la France, la Nation entiere prononça que ce n'étoit qu'à titre de premier Ministre qu'il avoit acquis l'estime & l'admiration due aux grands Ministres. Dans les idées du Peuple, nulle différence entre le premier & le plus grand.

Esprit timide, quoiqu'ambitieux; plus jaloux d'augmenter son pouvoir, que d'étendre celui de la France; connoissant les intérêts de la Nation, mais incapable de s'y livrer; trop imbu de préjugés, pour corriger les abus; trop sujet à de petites passions, pour bien manier les grandes affaires; profond dans quelques parties, mais n'ayant ni plan ni systême pour le tout; aimant la gloire, & se refusant aux vrais moyens d'en acquérir; trop occupé de l'accessoire, pour réussir dans le principal; minucieux jusqu'à la puérilité; faisant prendre à l'autorité des voyes détournées; aimable dans la société par son enjouement, habile dans les négociations par son éloquence, incapable de grandes entrepriſes par ſa timidité ; fin, non de cette fineſſe qui naît de la certitude du ſuccès des moyens, mais de cette fineſſe qui ne trouve des reſſources que dans ces moyens ; non de celle d'un Miniſtre d'Etat, mais de celle d'un Courtiſan ; ſe ſoutenant par les mêmes voyes qu'il s'étoit élevé ; dupe de ſes amis, peu délicat ſur le choix de ſes confidents ; parlant avec eſprit, écrivant ſans génie ; trop méfiant pour être gouverné par un ſeul, trop borné pour ne l'être pas par pluſieurs ; d'abord déſintéreſſé, enſuite portant en France l'odieux Népotiſme de la Cour de Rome ; n'ayant qu'un foible goût pour les Arts, & que des notions ſuperficielles ſur le commerce & les finances ; en deux mots, homme aimable, Miniſtre borné, eſprit indécis, cœur foible : voilà le Cardinal de Fleuri, trop eſtimé des Etrangers pour mériter de l'être des François.

Le Duc de Bourgogne dit à l'Abbé de Choiſi qui travailloit à l'Hiſtoire de Charles VI. " Comment vous y pren-
„ drez-vous pour dire que ce Roi étoit
„ fou? Monſeigneur, répondit ſur le
„ champ l'Abbé, je dirai qu'il étoit fou.
„ La ſeule vertu diſtingue les hommes,
„ dès qu'ils ſont morts.

C X V I.

L'homme n'eſt jamais malheureux que par ennui.

Je retrancherois volontiers de mon exiſtence tous les moments où je m'ennuye; & en ce cas ma vie ſeroit abrégée des trois quarts & demi.

On dit que la vie eſt courte; ſi cela étoit, les jours ſeroient-ils ſi longs?

Un ſiecle de vie ſans ennui ne ſeroit qu'un moment : ce ſeroit la vie la plus courte & la plus heureuſe.

Qu'eſt-ce que s'ennuyer? s'appercevoir que l'on vit. Qu'eſt-ce qu'être heureux? ne s'appercevoir pas qu'on exiſte.

De l'uniformité naſt l'ennui, de l'ennui la réflexion, de la réflexion le dégoût de notre exiſtence, de ce dégoût un malheur qui les abrege tous.

Le plus grand bonheur poſſible vaut lui ſeul tous les autres bonheurs : un homme ſeroit donc parfaitement heureux, dont tous les plaiſirs quelconques qui lui ſont deſtinés viendroient ſe raſſembler, fondre en un ſeul. Il ne s'enſuit pas delà que le plus grand malheur fût la réunion de la ſomme des ennuis en un ſeul point : tous ces ennuis pris ensemble suspendroient les facultés de l'ame, & ne produiroient vraisemblablement qu'un instant de sommeil accablant.

C X V I I.

Sous Auguste, le sacerdoce des Vestales tomboit, quoiqu'il ne fallût que six vierges pour le remplir. L'Empereur mit tout en usage pour maintenir cette institution; mais admirez le bon sens du Peuple Romain : aucun pere, malgré l'extrême autorité que lui donnoient les Loix, ne voulut vouer sa fille à une chose si difficile. Auguste fut obligé de donner à des filles d'affranchis un droit reservé à l'ancienne Noblesse. Aujourd'hui l'Italie est peuplée de vierges : autrefois tout l'Empire Romain ne pouvoit pas fournir six Sujets.

La Loi qui permet de disposer de sa liberté à quinze ans, & qui défend de disposer de son bien avant l'âge de vingt-cinq, n'est point d'accord avec elle-même.

Les Princes Catholiques devroient demander unanimement au Pape la révocation de la Loi du célibat imposée aux Ecclésiastiques. Cette Loi peut être annullée par le législateur qui l'a faite;

&

& eſt-il à préſumer que le ſaint Siege ſe refuſât à une requête unanime ? La ſuppreſſion du Célibat eſt l'unique moyen de rétablir l'équilibre entre les Puiſſances Catholiques & les Puiſſances Proteſtantes.

Quelqu'un a prédit que dans ſept à huit cents ans il n'y auroit plus de Religion Catholique : cela pourroit être ; elle ſe détruit elle-même. Si cette Egliſe entendoit bien ſes intérêts, elle travailleroit autrement à ſa propagation : elle laiſſeroit à Dieu le ſoin de convertir les Infideles, & ſe borneroit à augmenter le nombre des Croyants, en augmentant dans ſon ſein celui des hommes.

Si la loi du Célibat étoit abolie, les Eccléſiaſtiques ſeroient les plus heureux de tous les mortels ; ils auroient les femmes les plus jolies, les plus vertueuſes, les mieux élevées. Cent Villes bâties en France par ce nouveau Peuple, ſeroient preſqu'auſſi-tôt peuplées de Citoyens éclairés & laborieux.

L'abolition de cette Loi eſt un projet trop ſimple & trop ſenſé pour eſpérer que tous les Princes y entrent : mais qui empêcheroit le Roi de France de donner un Edit qui défendroit des vœux indiſſolubles avant cet âge où l'on peut faire validement des contrats civils? Un pareil Edit peupleroit l'Etat & enrichiroit le Roi, parce que l'Etat gagneroit le même nombre de Célibataires que l'Eglise perdroit, & parce que le Roi seroit en droit de réunir à son Domaine la plus grande partie des Biens des Couvents devenus presque déserts.

Que ferions-nous de nos filles, de nos cadets, dit-on dans les pays Catholiques, si nous n'avions ni Couvents ni Abbayes? Vos filles coudroient, fileroient, serviroient & se marieroient; vos cadets seroient employés au labourage, aux manufactures, au mariage. Mais, dit une femme de qualité, mes enfants ne sont point faits pour ces vils métiers: fi. Le Prince, Madame, n'a point vos passions: peu lui importe que vos enfants soient Laboureurs ou Maréchaux de France; mais il lui importe beaucoup qu'ils ne vivent ni dans l'oisiveté ni dans le célibat. Votre bien particulier vous décide, le bien public le gouverne. Les familles se plaignent d'avoir trop d'enfants, l'Etat se plaint de n'avoir pas assez de Sujets. Laissez du moins à votre fille le choix entre le Couvent & le Jardinier du Couvent.

Les Couvents de filles commencent

à se multiplier dans quelques Pays Protestants. Si tous les actes de la piété étoient moins respectables, je dirois, en bon Citoyen, qu'il vaudroit mieux que les terres destinées à ces fondations fussent données en toute propriété à ceux qui les cultivent, ou que les revenus en fussent employés à doter toutes les années un certain nombre de Paysannes ou de Demoiselles. Tout ce qui diminue l'espece humaine, diminue le bien de l'Etat; & il n'y a point de Pays assez peuplé pour qu'il soit permis d'y offrir des ressources contre le mariage. Si l'on vouloit absolument faire de ces sortes de fondations, le premier article du réglement auroit dû porter qu'on n'y recevroit que les vieilles, les laides, & les contrefaites, telles que les boiteuses, les bossues & les begues même.

CXVIII.

Des Protestants, à nombre égal, enrichiront plutôt un Pays que des Catholiques. Le Catholique a plus de soixante jours de repos, qui sont autant de jours de travail pour un Protestant.

CXIX.

Le Pape aujourd'hui regnant, est un

homme de beaucoup d'esprit & un Prince de beaucoup de sens, de l'aveu même des Protestants : il pourroit aisément s'immortaliser ; le Prince n'auroit qu'à laisser faire l'homme.

C X X.

On dit que, sans Descartes, Newton n'auroit peut-être pas été ; & je dis que Descartes n'auroit peut-être pas été, sans Luther & Calvin.

Mr. de Voltaire a dit & redit qu'il étoit triste que d'aussi médiocres esprits que Luther & Calvin eussent fait tant de prosélites, tandis que Locke & Newton en ont fait si peu. Mais il ne prend pas garde que Locke & Newton n'ont eu des Sectateurs que dans les Pays où Luther & Calvin ont été suivis, & qu'ils sont inconnus par-tout où la doctrine de ces esprits médiocres a été proscrite.

Socrate, Luther, Descartes & Montesquieu sont les hommes auxquels le genre-humain a le plus d'obligation.

C X X I.

Les constitutions que saint Ignace de Loyola a données à son Ordre, sont un chef-d'œuvre de politique ; il n'y a qu'une voix là-dessus : de sorte que les Loix où il y a le plus de modération & de sagesse, sont l'ouvrage d'un enthousiaste & d'un sot. Lisez sa vie, lisez sa regle; & ajustez-moi cette contradiction.

C X X I I.

C'est un don que de penser; un don que de penser de suite : c'en seroit un bien plus grand de ne point penser du tout.

Vous ne sauriez croire, me disoit un penseur, combien mon ame me pese.

C X X I I I.

Si l'on vous donnoit le choix d'être Roi pendant une année, ou femme pendant dix ans, je dis femme jolie, belle, jeune, spirituelle, lequel des deux préféreriez-vous?

Un homme d'esprit du siecle passé avouoit qu'il aimeroit mieux être Madame de Montespan qu'être Louis XIV. Mécene n'auroit pas hésité entre Auguste & Julie.

C X X I V.

La fatuité est la qualité la plus séduisante pour un sot; & la gloire de l'esprit eſt ce qui tente le plus vivement un homme de génie.

C X X V.

On peut flatter ceux qu'on mépriſe, parce qu'on peut les croire dupes: on ne flatte jamais ceux qu'on eſtime, parce que l'eſtime reſpecte, & que la flatterie ſe joue.

C X X V I.

Le Courtiſan qui ſe conforme à la Religion de ſon Prince lui fait un ſacrifice injurieux, ſur-tout ſi le paſſage de la Religion qu'il quitte à la Religion qu'il embraſſe eſt peu conſidérable : car ſi les deux Religions étoient fort différentes, on pourroit attribuer à un motif de conſcience ce qui, dans l'autre cas, eſt viſiblement l'ouvrage d'une complaiſance ſervile.

Un homme peut avoir le malheur de regarder d'un œil indifférent toutes les Religions & l'imprudence d'en convenir, & néanmoins être en droit de refuſer de quitter la Religion de ſes Peres; les droits de la conſcience ſont ſi ſacrés, que celui même qui n'en a point peut les reclamer. Refuſer de ſe réunir à la Religion dominante, c'eſt non-ſeulement refuser d'être hypocrite, c'est encore conserver le privilege le plus essentiel de la liberté.

CXXVII.

Soyez toujours modeste, jamais humble. La modestie rend estimable dans la prospérité; l'humilité rend méprisable, même dans le revers.

CXXVIII.

Les sots veulent humilier les gens d'esprit, en leur présentant des gens qui en ont encore plus qu'eux: mais si d'un génie supérieur à un grand homme il y a bien loin, on peut dire qu'on ne sauroit mesurer la distance qu'il y a entre un génie supérieur & un sot.

CXXIX.

La plupart des femmes ne manquent d'esprit, que parce que l'éducation leur a manqué.

Ce sont les personnes mal élevées qui commettent de ces crimes contre lesquels s'arment les Loix; l'éducation est donc bonne à quelque chose.

L'éducation des deux sexes est encore barbare, parce qu'elle n'entre point dans le plan des Législateurs. Qu'on rendroit de Loix inutiles, si on en faisoit de bonnes sur ce sujet !

Les Loix Romaines donnoient aux peres une autorité illimitée sur leurs enfants : suivant ces principes, il étoit naturel de leur abandonner le soin de l'éducation. Les Loix des Perses & des Macédoniens, qui limitoient l'autorité paternelle, chargerent l'Etat d'élever les enfants, & y pourvurent par des réglements très-sages. Nos Loix parlent comme les Perses, & laissent agir comme les Romains.

On établit des Universités, on érige des Chaires, on fonde des Écoles publiques, & on laisse à des Pedants la législation de tous ces utiles établissements.

Les grands défauts de l'éducation sont qu'on s'attache trop à former le corps d'un sexe, & à cultiver la mémoire de l'autre.

De bonnes Loix d'éducation seroient peut-être moins difficiles à faire qu'à exécuter, par l'impossibilité où seroit le législateur de trouver de bonnes têtes qui se voulussent consacrer à former de bons cœurs.

Les Princes sont en général si mal élevés, & il est si rare qu'un homme mal élevé le ſente, qu'il n'eſt pas ſurprenant qu'il ne leur vienne pas dans l'eſprit de dreſſer des plans d'éducation.

C X X X.

Défricher des terres incultes, c'eſt conquérir de riches Provinces.

C X X X I.

Le projet de réunir les Egliſes Proteſtantes eſt un projet déſeſpéré. On a tort : il n'a manqué que parce qu'il fut tenté par des gens qui ne pouvoient l'accréditer, & dans un temps où il ne pouvoit réuſſir ſans crédit. Aujourd'hui que l'eſprit philoſophique a gagné juſqu'aux Théologiens, le ſuccès ſeroit infaillible, ſi les Princes engageoient les Eccléſiaſtiques à prêcher aux Peuples une ſalutaire indifférence pour les dogmes, & un zele ardent pour la morale.

Ce qui perpétue le ſchiſme parmi les Proteſtants, c'eſt que les Théologiens aiment mieux avoir des Diſciples que d'en donner à Jeſus-Chriſt.

Que m'importent les vives & frivoles diſputes des Théologiens ſur les Décrets, à moi, à qui ils permettent tous de croire que mon Dieu eſt mon pere?

Les diſputes des Théologiens ſont trop vives pour n'être pas dangereuſes, trop longues pour n'être pas frivoles.

La Religion a été donnée aux hommes pour les réunir, & c'eſt préciſément de la Religion ſeule que naiſſent ces différends, qui, en partageant les eſprits, déſuniſſent à jamais les cœurs.

Les Eccléſiaſtiques ſont payés pour inſpirer des ſentiments de paix & d'union : ils volent donc la ſociété quand ils la diviſent par des opinions.

Malheur à tout Pays dont le Clergé ſe pique d'avoir du zele ; ce que j'appelle zele pour la Religion, eſt l'oppoſé de l'amour de la Religion.

Voulez-vous reſpecter la Religion? ne voyez point ceux qui la prêchent.

C X X X I I.

Le projet qu'a formé Mr. de Machault d'exiger du Clergé le payement des charges publiques, a un côté ébloui ſſant : un bon Patriote voit avec plaiſir qu'un corps qui jouit du tiers des biens fonds du Royaume, ſupportera déſormais un tiers des impôts. Un Patriote tout auſſi bon & plus éclairé voit avec peine que ſi le Clergé perd ſes privileges, les Villes ne conſerveront pas long-temps les leurs; que les Pays d'Etats ne jouiront plus de ces assemblées qui font leurs richesses, leurs forces, & qui les garantissent de la tyrannie des Traitants; que le Peuple ne sera pas soulagé; que par conséquent les sommes immenses qu'on levera sur les Ecclésiastiques seront enlevées à la circulation; & que le Roi devenant plus riche, les Sujets deviendront nécessairement plus pauvres, sans compter que le Prince sera, & plus disposé à entrer dans des projets d'aggrandissement, & moins difficile sur les traités de subsides; traités dont l'utilité n'est pas encore bien décidée.

Il est surprenant que de tant d'Ecrits qui ont paru sur l'affaire du Clergé, pas un seul ne l'ait considérée sous ce point de vue.

CXXXIII.

La preuve la plus à la portée des simples qu'on pourroit avoir de la vérité d'une Religion, seroit le choix qu'en auroient fait quatre enfants du même âge, du même caractere, à qui un Philosophe parfaitement incrédule & indifférent auroit enseigné en même-temps le même cours de Logique, & exposé les principes du Mahométisme, du Judaïsme, du Catholicisme, & du Protestantisme.

CXXXIV.

La réputation des Princes ne dépend point de l'opinion des Courtisans. C'est l'amour du Peuple qui la commence, la voix des arts qui l'étend, le suffrage de la postérité qui l'acheve.

CXXXV.

Voulez-vous être respecté? voulez-vous parvenir aux premiers emplois? voulez-vous passer pour un homme à talents? Donnez-vous pour respectable, pour digne des premiers emplois, pour un homme à talents. L'effronterie éleve les grands, la modestie seule les soutient.

CXXXVI.

Un Ministre étranger insinuoit au Roi de Prusse qu'il ne devroit pas suivre les conseils d'une certaine Puissance : " Des conseils! répondit le Roi : „ „ dites à votre maître que le seul Con- „ seiller du Roi de Prusse est l'Elec- „ teur de Brandebourg. Il n'est pas surprenant qu'un Prince qui parle sur ce ton-là, n'ait ni Cour ni Conseil, trop grand pour avoir besoin d'un vain faste, trop sage pour recourir à la sagesse d'autrui. Ce Roi appartient à tous les Peuples & à tous les âges.

CXXXVII.

Le Marquis de Langalery avoit formé un projet plus digne d'une grande ame que d'une bonne tête : c'étoit de rassembler dans les Isles de l'Archipel tous les Juifs dispersés sur la face de la terre. Il auroit fait la guerre au Pape & à la Maison d'Autriche; il auroit livré la Chrétienté au Turc; & cent autres folies de cette espece : voyez ses mémoires. S'il s'étoit borné à se faire Roi des Juifs rassemblés dans l'Isle de Chypre sous la protection du Grand-Seigneur, il n'y auroit eu à objecter contre ce projet que l'Ecriture Sainte; & le Marquis de Langalery pouvoit bien avoir le malheur de ne pas y croire.

CXXXVIII.

Les Romains, dont on nous vante tant la sagesse, avoient une maxime singuliere : il ne faut au Peuple, disoient-ils, que du pain & des jeux; & en conséquence ils distribuoient gratis du bled à tous les pauvres, & leur donnoient de magnifiques ſpectacles : qu'en arriva-t-il ? que le nombre des pauvres augmenta tous les jours, & que les terres reſterent en friche.

C X X X I X.

Le Comte de Sinzendorff a fait voir à l'Europe, que dans le ſiecle le plus éclairé, le courage ſoutenu de l'enthouſiaſme & de la dévotion pouvoit ramener ce zele, cette myſticité, ces folies extraordinaires, qu'on croyoit n'être propres qu'aux ſiecles barbares ou mal élevés. Il lui falloit de ſublimes vertus ; il a fait jouer le grand reſſort de la Religion : il lui falloit des hommes ſans ambition ; il a introduit la communauté des biens : il lui falloit des imaginations foibles ; il les a affoiblies par l'abſtinence & la frugalité : il lui falloit des miracles ; il en a oſé faire : des prophéties ; il en a hazardé : des loix ; il en a donné : des Savants ; il en a corrompu : des femmes ; il en a ſéduit. Le trait de ſa vie le mieux penſé, c'eſt d'avoir tranſporté ſes diſciples dans le Nouveau Monde : il a bien vu que les Piétiſtes n'étoient pas faits pour l'ancien. On doit pardonner à un homme de ſe nourrir de cette belle idée : "je ſuis le Légiſla-

„ teur & le ſouverain d'un Peuple de
„ freres.

C X L.

Le feu Curé de Saint-Sulpice étoit l'homme le plus propre à régir les finances d'un grand Royaume : l'eſprit des détails, il l'avoit au ſuprême degré ; & pour l'eſprit de déſintéreſſement, il ne le cédoit pas aux Apôtres. Par ce qu'il a fait en petit, qu'on juge de ce qu'il eût fait en grand : on ne peut s'empêcher de regretter que tant de belles qualités ayent été employées à gouverner une Paroiſſe, tandis que tant de petits eſprits ſont à la tête des Etats. Quels ſuccès par les ſeules voyes de la perſuaſion ! & quels prodiges n'auroit-on pas dû attendre de ſa vigilance, ſi elle avoit été armée de l'autorité ? Ses établiſſements économiques étoient tout à la fois utiles aux mœurs & au commerce : en donnant l'aumône, il donnoit de l'occupation, & il rendoit à la vertu ceux qu'il arrachoit à l'oiſiveté. Il travailloit également pour la terre & pour le ciel : les actions charitables d'un pieux Eccléſiaſtique auroient été les chefs-d'œuvres d'un homme d'Etat. Contrôleur des finances, il auroit ſoulagé le Peuple, occupé le Pauvre, enrichi l'Artiſan, embelli la Capitale, doublé le nombre des Sujets en ſimplifiant le travail, délivré les Provinces de ces armées de Prépoſés qui les ruinent. Sous ſon regne, l'oiſiveté eût été un crime d'Etat : la France entiere eût été auſſi heureuſe que l'a été ſa Paroiſſe.

C X L I.

Il n'eſt pas poſſible qu'il y ait de bonnes têtes dans un pays où il n'eſt pas permis d'avoir le cœur haut.

C X L I I.

Tout homme qui s'informe du produit d'un poſte honorable, avant que de l'accepter, ne le remplira qu'en Banquier.

C X L I I I.

Voici ce qu'on appelle expédient en termes de finances. Sous Auguſte, le Gouverneur des Gaules imagina le projet d'y partager l'année en quatorze mois au lieu de douze, & cela parce que les Gaulois payoient à l'Etat un certain tribut par mois. Il eſt inutile de dire que ce Gouverneur étoit un affranchi.

CXLIV.

Le meilleur Calculateur eſt toujours le meilleur Légiſlateur. Quel génie pour découvrir tous les côtés de tant d'objets différents qu'il eſt obligé d'embraſſer tout à la fois ! Que de calculs ne demandent pas le nombre des Sujets, le prix des travaux, les reſſources, le génie du Peuple, le crédit poſſible, les rélations que toutes ces choſes ont entr'elles, & le réſultat de ces rélations ?

Le cultivateur doit toujours être le principal objet des calculs : il eſt le fondement ſur lequel porte la machine immenſe de l'Etat, parce que de vingt portions d'habitants, il y en a ſeize de cultivateurs.

Il eſt abſolument impoſſible qu'un Prince, quelque ſage qu'il ſoit, faſſe des Loix qui rendent heureux tous ſes Sujets : il doit donc calculer au plus juſte quelle eſt la ſomme des malheureux relative au plus grand nombre poſſible d'heureux.

La ſociété civile ne peut ſubſiſter ſans crimes ni ſans malheurs : ce ſont les ſels qui en empêchent la corruption. Mais le Légiſlateur doit s'appliquer à adoucir ces malheurs, & à affoiblir l'empire du vice. On aggrave le malheur par l'injustice; on étend le vice par l'impunité : la faveur le rend contagieux & brillant.

CXLV.

Il n'y a nul inconvénient qu'un Etat se doive à lui-même; c'est la main gauche qui doit & qui rend à la droite. Mais il faut que la dette soit sûre, que le payement soit exact, sans quoi la main droite se seche.

CXLVI.

On permet, on autorise grand nombre de ces petits établissements, qui assurent aux veuves & aux enfants des rentes viageres, & autres avantages qui devroient être le fruit du travail; & il est encore à prouver que ces établissements soient aussi utiles à l'Etat qu'ils paroissent l'être à quelques Particuliers. On devroit, une fois pour toutes, examiner s'ils n'éteignent pas l'industrie, s'ils ne jettent pas dans cette indifférence mortelle au commerce, s'ils ne favorisent pas l'esprit d'oisiveté.

Les calculs découvrent bien des vérités; mais ils ne découvrent point l'uſage qu'on en doit faire : il faut que l'homme d'Etat juge des réſultats que lui adminiſtre l'Arithméticien.

Dans les remontrances du 21 May, le Parlement de Paris a détaillé avec beaucoup de ſens & de force les inconvénients des rentes viageres. " Ceux, „ dit-il, qui ſe laiſſent ſéduire par le „ deſir de vivre dans une plus grande „ aiſance, s'empreſſent d'acquérir de „ ces rentes. Les uns qui pourroient „ donner des Sujets à l'Etat, ſe met- „ tent dans l'impoſſibilité de s'établir, „ n'ayant plus aucun bien ſolide à laiſ- „ ſer à leur poſtérité. Les autres étei- „ gnent dans leur cœur la tendreſſe „ qu'ils doivent à leurs enfants, ſacri- „ fient leur fonds pour accroître leur „ revenu, & ruinent leurs familles & „ leurs héritiers. Offrir aux Sujets des „ biens qui diſparoiſſent avec ceux qui „ les poſſedent, n'eſt-ce pas les inviter „ en quelque ſorte à renoncer à tous „ les ſentiments de la nature, & à vou- „ loir que tout périſſe avec eux? On eſt fort, quand on a le Parlement de Paris pour ſoi.

C X L V I I.

Un Anglois prétend que, toute déduction faite, l'Angleterre paye à la Norwege cent trente mille guinées. Il seroit plus aisé à la Norwege d'augmenter ce tribut annuel, qu'à l'Angleterre de le diminuer.

CXLVIII.

Des mines de fer de Norwege le commerce fait des mines d'argent : la belle manufacture qu'on y va établir en fera des mines d'or.

L'Espagne n'a que deux moyens de sortir de cette extrême pauvreté où l'ont jettée d'extrêmes richesses : l'un d'abandonner les trop fécondes mines du Pérou, & de reprendre la culture de ses terres ; l'autre de vendre à l'Europe l'or ouvré & travaillé qu'elle reçoit brut de l'Amérique.

Ce n'est ni l'or ni l'argent qui fait la richesse d'une Nation, c'est le travail.

CXLIX.

S'il y avoit en Europe un Prince qui pour attirer dans son Pays de riches Etrangers leur donnât une pension relative à la rente de la somme qu'ils y porteroient, ce Prince n'attireroit pas beaucoup de gens riches, parce que parmi les gens riches les uns préferent à tout la bonne compagnie, les autres les ressources du commerce qui les a enrichis, & qu'il ne sauroit y avoir ni bonne compagnie ni commerce dans un Pays où la politique & la pauvreté inspireroient un pareil expédient.

C L.

Tel passe pour mauvais Ministre, à qui l'on n'a à objecter que de n'avoir pas su n'être pas vertueux.

Comme il est aisé de s'élever quand on est peu délicat sur le choix des moyens, de même il est aisé de faire les plus grandes choses avec le secours de l'intrigue & du crime.

C L I.

Rien ne m'inspire plus de vénération pour un Prince, que lorsque ses Courtisans disent qu'il est avare, & que son Peuple ne le dit pas.

C L I I.

Les Princes ne connoissent pas assez leurs Sujets : Louis XIV n'auroit pas refusé une compagnie de Cavalerie au Prince Eugene, s'il l'avoit connu.

Les Sujets ne connoissent pas assez leur Prince : les François n'auroient pas accusé d'avarice Louis XII, s'ils avoient su qu'il pleuroit dans son Conseil toutes les fois que la nécessité des temps ordonnoit la levée du plus léger impôt. Les Courtisans lui donnerent cette réputation dans le Public, parce qu'il n'appauvrissoit pas son Peuple pour les enrichir. Rien ne corrige plus un François, que la honte & la crainte du ridicule : ils jugerent donc à propos, pour corriger leur maître, de le jouer sur le théâtre de Paris. Tout Paris alla rire d'une qualité qui faisoit son bonheur. „ J'aime mieux, dit Louis XII, que „ mon avarice fasse rire mes Sujets, que „ si elle les faisoit pleurer.

Ce Prince savoit bien que le Roi le plus avare pour ses Courtisans, est toujours le plus généreux pour son Peuple.

CLIII.

Mr. le Baron de Barr croit que le seul moyen de rendre tous les Peuples heureux, ce seroit d'établir par-tout le Gouvernement d'Angleterre. Et précisément rien ne les rendroit plus malheureux. Le Gouvernement d'Angleterre n'est bon que pour des têtes Angloises. Pour ramener les hommes à une constitution uniforme, il faudroit ramener leur génie, leur caractere, à l'uniformité. Il y a des Pays faits pour la liberté; il y en a pour l'esclavage : & il seroit aussi surprenant que l'Empire de Perse goûtât un Gouvernement libre, qu'il le seroit que la République de Suede rentrât dans la servitude.

C L I V.

Si Mr. de Montesquieu avoit écrit en Angleterre, son livre seroit plus vrai, & par conséquent moins bon.

C L V.

Vous avez deux cents mille Pauvres : ne les envoyez point à l'Etranger, mais faites que l'Etranger les nourrisse. Occupez-les à des manufactures, dont vous transporterez le produit dans les Etats voisins. Ces Pauvres qui vous sont à présent à charge, feront votre plus riche revenu.

C L V I.

Accablez de droits l'entrée des marchandises étrangeres, & libérez de tout droit la sortie des vôtres : maxime goûtée en tout Pays, & pratiquée seulement en Angleterre.

CLVII.

Il y a des Etats ſi mal ſitués, que la grandeur, que l'exiſtence de leurs Souverains eſt pour ainſi dire précaire : il faut des ſiecles de ſuccès continus pour les faire fleurir ; il ne faut que la perte d'une bataille pour les renverſer. Dès que le Roi s'y endort, le Trône tombe.

CLVIII.

Seroit-il avantageux au Dannemarck de faire de Coppenhague un Port franc ? Non ; & ma grande raiſon, c'eſt qu'on ne l'a pas fait & qu'on ne le fait pas.

CLIX.

Pourquoi les femmes vertueuſes ont-elles toujours moins d'eſprit que celles qui ne le ſont pas ?

CLX.

Têtes à projets, ne vous découragez pas. Un homme a offert tout le commerce du monde à un Peuple qui n'a ni ports, ni argent, ni vaiſſeaux, ni denrées, ni hommes : ce Peuple eſt ſenſé, & cet homme a été cru.

C L X I.

On confie à Euphémon un Département des plus importants du Royaume: Euphémon eſt capable, & j'en ſuis bien-aiſe; mais Euphémon eſt le plus capable, & c'eſt ce qui me pique.

C L X I I.

Les hommes n'ont point de goût pour les Arts, dans tous Pays où les femmes n'ont point de goût pour la parure.

Les Arts agréables ne ſont cultivés avec quelque ſuccès, que dans les Pays où le beau ſexe a des graces.

C L X I I I.

Souvent une Nation ſe glorifie de ce qui lui eſt nuiſible. Le Suédois vante ſa marine, parce que ſes Matelots font leur apprentiſſage en Hollande & en Angleterre, c'eſt-à-dire, parce que la Suede n'a pas aſſez de commerce pour les occuper, les former, & les retenir tous chez elle.

C L X I V.

Les Arts agréables pour le Midi, les Arts utiles pour le Nord. Ce n'eſt pas qu'il n'y ait aſſez de feu dans le Nord, affez de flegme dans le Midi, pour que les premiers foient cultivés dans l'un, & que les feconds foient perfectionnés dans l'autre; mais ce feu, mais ce flegme ne peut fe foutenir fans un encouragement continuel. Les Arts ne s'y naturalifent, qu'à force de foins & de bienfaits: il faut que le fleurifte corrige fans ceffe le vice du fol; & le fleurifte fe rebute ou fe néglige.

C L X V.

Riccoboni a parlé de tous les théâtres, & n'a pas dit un mot du théâtre Danois. A quoi attribuer cette omiffion? Eft-ce ignorance? il mérite d'être connu: eft-ce mépris? connu, il ne peut être méprifé. J'y vais fuppléer.

La Comédie Danoife doit fa naiffance & fes progrès à Mr. le Baron Holberg: ce favant & bel efprit a tiré de fa veine féconde fept à huit volumes de Poëmes dramatiques. Sa maniere eft exacte, feche, naturelle, au moins à en juger par la traduction Allemande. Toujours auffi correct que Térence, auffi plaifant quelquefois que Plaute, la lecture des comiques François d'aujourd'hui ne l'a point gâté. Point de froids dialogues, point de fcenes métaphyfiques, point de ſentiments quinteſſenciés. Il eſt plus aiſé à un Etranger de dire ce qu'il n'eſt pas, que de deviner ce qu'il eſt. Parmi ſes Compatriotes, les délicats, les gourmets lui reprochent des plaiſanteries trop baſſes, & la profuſion de ce gros ſel qui ne pique que le palais du Peuple : ils diſent que Mr. Holberg n'a pas le ton de la bonne compagnie; qu'il ne choiſit que le bas & le trivial des mœurs; qu'il auroit dû faire des ridicules brillants l'objet de ſes bons mots; qu'il auroit pu trouver dans le grand monde des perſonnages, des caracteres, des travers plus intéreſſants: enfin, ils le comparent à ces Peintres qui expriment bien la nature, mais qui n'ont point étudié la belle. Ces reproches ſont exagérés. Mr. le Profeſſeur Holberg mérite de l'indulgence, en ce qu'il eſt non-ſeulement le pere du théâtre, mais encore en ce qu'il n'a point de ſucceſſeur; ſans compter qu'il eſt le premier homme de College qui ait donné des Comédies eſtimables. Mélampe, l'Honnête Ambition, la Capricieuſe, Henri & Perrine ne ſont point des farces: on traduit tous les jours en François des Pieces Angloiſes qui ne les valent pas. Cet Auteur auroit ſans doute excellé dans le haut comique, si son parterre lui avoit permis de se livrer à son goût; c'est ce parterre qui lui a arraché le Potier d'étaim Politique, Plutus, & Ulysse.

Ce Théâtre pourroit être aisément perfectionné. Il faudroit d'abord proscrire toutes les farces Françoises, que des traducteurs mettent laborieusement en Danois à dix écus la piece. Il y a dans tout Pays de l'esprit de reste pour faire de bonnes farces : qu'est-il donc besoin d'en traduire? on devroit être d'une délicatesse extrême sur le choix des pieces traduites; en ce genre, le répertoire ne devroit offrir que des chefs-d'œuvres : la bonne économie veut qu'en fait de plaisirs, on ne tire rien de l'Etranger qui ne soit excellent, parfait. Un Théâtre ne doit traduire que pour se former; il ne doit donc copier que les grands modeles : l'Avare, le Misanthrope, le Joueur, le Glorieux perfectionneront le goût des Auteurs, le goût du parterre. Le Médecin malgré lui, le Festin de Pierre, Nanine gâteront l'un & l'autre.

Pour avoir de bonnes pieces originales, il faudroit encourager les Auteurs, & pour les encourager, les tenter par l'appas du gain. Le Théâtre devroit être le patrimoine des beaux esprits, & chaque piece payée suivant le nombre des représentations. Si les Auteurs consultoient leurs intérêts, ils ne feroient imprimer leurs pieces qu'après que le premier feu de la curiosité publique se seroit ralenti. L'usage établi en Dannemarck de faire imprimer la piece en même-temps que l'affiche, brave la critique & refroidit l'empressement. L'amour-propre des Poëtes ne sauroit trop ménager la délicatesse du spectateur.

Le Théâtre Danois sera imparfait tant qu'on n'y jouera pas des Tragédies; ce sera, pour ainsi dire, un Théâtre boiteux. Les Danois n'ont que quelques scenes du Cid traduites par Mr. de Rostgaard, le meilleur de leurs Poëtes. Quelques-uns accusent leur Langue de n'être pas propre au tragique : mais est-il croyable qu'une Langue, dont les tons sont si plaintifs & si touchants, ne puisse pas rendre le pathétique & les sentiments? D'autres prétendent que le caractere de la Nation y répugne : mais est-il concevable qu'une Nation fiere, noble, généreuse, ne puisse pas avoir des Auteurs qui traitent de grands intérêts, qui connoissent le cœur humain, qui sachent manier les paſſions ? Si les Danois n'ont point de Tragédies, ce n'eſt ni la faute du génie, ni celle de la Langue; c'eſt la faute des circonſtances : la ſcene ne fait que de naître; & parmi eux le langage des Poëtes n'eſt pas encore le langage des Dieux.

Quoiqu'il en ſoit, on n'aura jamais d'excellentes Comédies, qu'on n'ait des Tragédies, du moins mauvaiſes.

J'oublîois de remarquer que leurs Comédies ſont toutes en proſe. A Paris, on trouve infiniment difficile de ſe ſoutenir en proſe pendant cinq actes : à Coppenhague, on juge qu'il l'eſt infiniment plus de ſe ſoutenir en vers, ſans compter que le méchaniſme de la Poéſie y paroît ridicule dans la bouche de cens qui doivent parler naturellement, ſimplement, ſans apprêt.

Les Acteurs ſont auſſi bons que les pieces qu'ils jouent. Comme en Dannemarck le métier de Comédien n'eſt flétri ni par les Loix, ni par la Religion, ni par les mœurs, cette profeſſion eſt exercée par de jeunes gens, qui la plupart ont fait leurs études, ont de l'intelligence & de l'acquis. En France, les Comédiens ſont mépriſés du Peuple & careſſés des Grands : en Dannemark, ils ne ſont pas à la vérité careſſés des Grands, mais auſſi ils ne ſont pas mépriſés du Peuple. Il ſeroit à ſouhaiter, pour la perfection du Théâtre, qu'ils puſſent voir le grand monde : ils l'apprendroient bientôt, & l'amuſeroient en le copiant. Leur Arlequin n'eſt pas mauvais : un tour à Paris le formeroit. Leur petit-maître eſt tel qu'il le faut, dans un pays où il n'y en a que de manqués.

Quant aux Actrices, elles ſont moins belles que jolies, plus jolies qu'aimables, plus aimables que bonnes. Le Public eſt partagé entre Mademoiſelle Thilo & Mademoiſelle Materne : l'une eſt plus applaudie, l'autre plus aimée. Paris trouveroit la premiere un morceau bien friand.

Quelques-uns ſe plaignent que les Comédiens manquent de goût dans leurs habits : ce reproche peut tomber avec plus de juſtice ſur les Comédiennes. Oui, je le dirai, duſſé-je paſſer pour peu civil ; elles ſe parent ſans élégance, elles ſe mettent ſans imagination. Le Théâtre qui devroit donner le ton aux modes, les reçoit de la Cour ; la Cour les reçoit de la Ville ; la Ville les tient de Hambourg, qui les tire de Paris, de Berlin, de Dreſde, d'Hannovre, & qui les gâte toutes en les mêlant toutes avec cet esprit que donne l'air épais du commerce.

Il me semble que les Directeurs ne songent pas assez à se procurer de nouveaux Sujets ; jamais aucune débutante, jamais de nouvel Acteur : c'est pourtant le seul moyen d'établir solidement le Théâtre, & de tenir en haleine la curiosité du Public.

Les appointements des Acteurs ne sont pas fort considérables, & ceux des Actrices ne sont proportionnés ni à leurs talents ni à leur sagesse.

La sale du spectacle est construite avec intelligence, les loges sont distribuées avec économie, les machines faites avec beaucoup de dépense & de simplicité. Le Théâtre est presqu'aussi grand que le parterre ; ce qui est un défaut sensible. On dit que la musique de l'Orchestre est fort bonne ; je ne sais, mais les entr'actes sont si longs, qu'elle m'a toujours considérablement ennuyé.

Cette troupe a ses Directeurs : ne vaudroit-il pas mieux qu'elle se dirigeât elle-même, & qu'elle eût, comme en France, pour Supérieurs Messieurs les Gentilshommes de la chambre ?

Rien de ce qui tend à la perfection

des ſpectacles & des arts ne ſauroit être indifférent au bien public; & je voudrois que le Dannemarck qui ſe diſtingue en tant de choſes, ſe diſtinguât en tout.

Il y a à Coppenhague une troupe de Comédiens François; elle eſt penſionnée du Roi. Il ſeroit très-aiſé de prendre des arrangements, qui la mettroient en état de repréſenter toutes les bonnes pieces, & de les bien repréſenter.

CLXVI.

On eſt impoli parce qu'on ne ſait pas ſon monde; on eſt trop poli par la même raiſon.

L'impoliteſſe la plus fatiguante eſt celle qui vient d'un excès de politeſſe.

Les manieres les plus agréables, les plus engageantes, les plus gracieuſes, ne ſont que des façons, ſi le cœur n'eſt pas poli.

CLXVII.

C'eſt par le même manege que les Courtiſans & les Belles employent ſans l'uſer, les uns leur crédit, les autres leur beauté. Il y a dans la politique une certaine coquetterie.

CLXVIII.

Quelquefois un Peuple n'eſt gouverné que de la quatrieme main : c'eſt fantôme ſur fantôme.

„ J'eſtime, dit Montaigne, un grand „ heur pour les Princes, que la tourbe „ ignore qu'ils ſont menés par des valets „ qui ſont ſoufflés par des ſervantes.

CLXIX.

„ Je n'aime point que les choſes ail„ lent ſi uniment; cela ne convient „ point à mon eſprit romaneſque : je „ ſuis pour les événements; heureux ou „ malheureux, triſtes ou agréables, il „ m'en faut : je me couche content, „ pourvu que je le ſois de la gazette. L'Anglois qui me tenoit ce propos, voyageoit depuis dix ans pour voir des hommes, & n'avoit encore vu que des faits.

CLXX.

Un homme me diſoit : tous mes enfants ont de l'imagination & des ſentiments, parce que je ne les fais que dans ces moments rapides où je ſuis tout eſprit, tout cœur, & où ma femme eſt à l'uniſſon.

CLXXI.

Toute l'application du Politique, de la Coquette, de l'Homme de guerre, de l'Homme du monde, de l'Artiſte, doit ſe borner à l'étude du moment.

CLXXII.

Un homme qui a du mérite, gagne infiniment à appartenir à une Nation qui n'en a pas.

CLXXIII.

Il eſt naturel qu'un homme, qu'un Anglois même, ait de la ſérénité dans les yeux, dès que la beauté de la jambe eſt bien conſtatée.

CLXXIV.

On peut aimer la ſociété, & paſſer néanmoins l'Été dans un Pays où il n'y en a pas même en Hyver. Il y a des ames indolentes qui tombent ſans s'en apperçevoir dans un état paſſif, & à qui il en coûte moins de s'ennuyer encore où elles ſe ſont déja ennuyées, que d'aller chercher du plaiſir ailleurs.

CLXXV.

Un Pays peut avoir une bonne conſtitution & un mauvais gouvernement ; & *vice versâ*.

Quand le Gouvernement se sert de la constitution même pour opprimer, le Peuple est aussi malheureux qu'il peut l'être.

Quand la constitution a des défauts auxquels le Gouvernement donne force de loix, il n'y a qu'un pas de l'être au néant.

Quand la constitution est si solidement établie qu'elle a prévu tous les abus & en a su tirer avantage, le Gouvernement pourra suspendre le jeu des ressorts, mais jamais détruire les ressorts mêmes : par ce que ce Peuple a été, on pourra toujours juger de ce qu'il sera. Que le Gouvernement saisisse à la volée un moment pour s'élever ; qu'il change la face des choses ; le changement ne sera qu'accidentel : la constitution reprendra bientôt le dessus ; on peut s'en fier à elle.

La situation, je ne dis pas la plus florissante, mais la plus heureuse où un Peuple puisse se trouver, c'est lorsqu'une mauvaise constitution fait tous les jours de nouveaux pas vers une bonne constitution, à l'aide d'un sage Gouvernement.

La bonne ou la mauvaiſe conſtitution eſt l'ouvrage du climat ſeul ; mais une conſtitution ſolide, inébranlable, eſt l'ouvrage du climat, des révolutions, des années, du hazard, de la prudence, des crimes, & des vertus tout enſemble.

L'Angleterre eſt une preuve bien frappante qu'une conſtitution inébranlable eſt un effet qui ne peut jamais être acheté trop cher.

Un acte du Parlement qui attenteroit à la liberté de la Preſſe, porteroit à la conſtitution un plus rude coup qu'un acte qui permettroit au Gouvernement une augmentation de ſix mille hommes dans l'armée.

La conſtitution d'Angleterre eſt immortelle, parce qu'un Peuple ſage ne peut être aſſervi par l'ennemi du dedans, ni un Peuple libre par l'ennemi du dehors.

Rome a péri : eh ! pouvoit-elle ſubſiſter ? ſon ſyſtême tendoit à ſa grandeur ; il ne tendoit pas à ſa conſervation. L'Angleterre eſt arrivée au point où on ne peut plus périr, parce que les révolutions qui devoient être l'écueil de ſon ſyſtême en ont été l'achevement.

Il eſt très-difficile de prononcer ſur

la conſtitution d'un Peuple, lorſque cette conſtitution n'eſt pas un état forcé.

On dit que celle de Pologne eſt vicieuſe : cette déciſion ſuppoſe qu'un Peuple a tort d'être content de ſes Loix.

Le droit d'élire ſes Rois rachete bien des inconvénients. Le prix de ce droit n'eſt bien connu que de ceux qui en jouiſſent. Peut-être toute autre conſtitution iroit-elle mal à la Pologne.

Le *Veto* n'eſt pas le plus grand défaut : j'en ſais un plus eſſentiel ; c'eſt l'eſclavage du payſan. Les hommes ſont trop petits dans un Etat, où il y en a d'aſſez grands pour pouvoir dire au Pharaon : " Dix mille hommes ſur cet as.

Ce ſeroit aujourd'hui un ſpectacle bien intéreſſant, qu'un Sage, un Monteſquieu par exemple, Légiſlateur d'un Peuple auſſi neuf que l'eſt le Polonois.

CLXXVI.

A la Cour, l'amitié ne finit que quand la haine eſt déclarée. Dans le monde, on ſuppoſe des mécontentements pour préparer les trahiſons ; à la Cour, pour les colorer.

CLXXVII.

Si la Preſſe étoit plus libre à Paris,

Paris feroit un commerce de Librairie, qui rendroit l'Europe plus éclairée & la France plus riche. Il eſt bien triſte pour un François, de voir la Hollande s'enrichir excluſivement de l'eſprit de la France.

Un très-bon Livre peut faire un très-grand mal, témoin Don Quichotte. Cervantes a éteint en Eſpagne les brillantes idées de la Chevalerie ; & depuis, l'Eſpagne a baiſſé tous les jours. Il eſt dangereux de guérir un Peuple de ſes chimeres, de ſes travers, quand ces chimeres, quand ces travers ſont l'eſſence de ſon caractere, & que ſon caractere eſt bon. Il y a telle folie qui vaut mieux que telle ſageſſe.

CLXXVIII.

J'aimerois mieux avoir fait l'Hiſtoire des Troglodites, qui n'a pas au-delà de vingt pages, que la belle, l'admirable, l'immortelle Hiſtoire de De Thou, qui a dix gros volumes.

CLXXIX.

Il feroit aujourd'hui facile à un Prince d'acquérir en deux ans vingt mille Sujets. Le moyen eſt ſûr, ſimple, aiſé : mais je ne le dirois pas pour l'Empire de Ruſſie. Cependant, pour qu'on ne me prenne pas pour un faiſeur de projets, j'ajouterai qu'il n'eſt pas nouveau.

C L X X X.

On a fait à Coppenhague un établiſſement qui devroit être imité dans toutes les Capitales.

Comme l'amour de l'honneur ſurvit à la perte de l'honneur, les remords, qui ſont les derniers ſoupirs de la vertu mourante, vengeoient quelquefois cruellement la vertu outragée : une mere coupable étoit tentée d'immoler au reſpect humain un fruit innocent. Le Roi prévint ce déſordre par un réglement, que lui inſpira cette humanité éclairée qui marche à la tête de toutes ſes loix. Une honte criminelle ne détruit plus l'ouvrage de la volupté : une vierge imprudente peut perdre ſon innocence, ſans que l'Etat craigne de perdre un Citoyen; un azyle, couvert des ombres de la nuit, s'ouvre à ſa timide fragilité; la certitude d'un ſecret impénétrable guide ſes pas tremblants. Le petit Citoyen naît auſſi myſtérieuſement qu'il a été conçu : à ſon ſouris, on diroit qu'il remercie l'amour de lui avoir donné l'exiſtence, & l'humanité de la lui avoir conſervée : un un Poëte peindroit le génie du Dannemarck qui applaudit, bat des aîles, & semble essuyer ses pleurs en l'adoptant.

C L X X X I.

Comment se peut-il qu'un homme aimable en particulier soit si souvent un homme ridicule en public?

C L X X X I I.

Cessez d'être surpris que le Commis vous laisse dans l'anti-chambre plus long-temps que le Ministre; l'orgueil remplit le vuide.

C L X X X I I I.

Le Spectateur Anglois dit qu'il est fâché de ne pouvoir pénétrer pourquoi les femmes parlent toujours sans rien savoir. Et le voilà : précisément parce qu'elles ne savent rien.

C L X X X I V.

Pour être vertueux, il ne suffit pas de le vouloir.

C L X X X V.

Il est bon qu'il y ait à la Cour des fêtes, des plaisirs, des spectacles; ils annoncent l'abondance & la procurent.

O

CLXXXVI.

Le caractere des Peuples est invariable. Les Allemands d'aujourd'hui ressemblent, traits pour traits, aux Allemands de Tacide; Claudien a représenté du même coup de pinceau l'Espagne ancienne & l'Espagne moderne:

Frugum
Illa ferax, & egena, licet pretiosa metallis.
Principibus fecunda piis.

Le François étoit sous les Césars ce qu'il est sous les Bourbons: en voici une preuve décisive. Un Gaulois, pour être admis à la table de l'Empereur, fit présent de deux cents mille sesterces à l'Officier chargé du soin des invitations; le lendemain le Prince faisant une vente, il fit adjuger au Gaulois une bagatelle pour le prix de deux cents mille sesterces, en lui disant: " Vous souperez avec „ l'Empereur, & invité par lui-même.

CLXXXVII.

La bassesse est souvent le principe de la grandeur. L'un parvient parce qu'il sait se courber; l'autre parce qu'il sait mentir: celui-ci parce qu'il se deshonore à propos; celui-là parce qu'il trahit son ami: mais le moyen le plus ſûr de monter auſſi haut qu'Albéroni, c'eſt d'offrir comme lui des ragoûts de champignons au Duc de Vendôme ; & il y a par-tout des Vendômes.

CLXXXVIII.

Colbert détruit Fouquet, Albéroni la Princeſſe des Urſins, Madame de Maintenon la Marquiſe de Monteſpan, Chauvelin le Cardinal de Fleuri ; & vous êtes ſurpris que les hommes en place défavoriſent les hommes à talents.

CLXXXIX.

Les Grands n'ont ſur nous que l'aſcendant que notre baſſeſſe leur donne, ou que notre foibleſſe leur permet.

CXC.

Une manufacture dont l'établiſſement coûteroit 50000 écus au Roi, & qui vaudroit annuellement à l'Etat 10000 écus, ne devroit point être expoſée à tomber par une faillite de 5000.

Il y a tel pays où la faillite d'un fabriquant ne nuit qu'à un particulier ; il y a tel Pays où la faillite d'un fabriquant nuit à jamais à un Etat. Ce ſont des différences qu'on devroit faire, & qu'on ne fait point.

La manufacture d'Abbeville étoit sur le point de manquer : Colbert apprend cette nouvelle, & l'étaye de cent mille écus. Bel exemple, mais inutile à citer, parce qu'il ne peut faire impression que sur des Colbert, & que les Colbert n'ont pas besoin d'exemple.

C X C I.

Il peut y avoir de l'honneur dans un Pays où les laquais s'élevent ; mais il n'y a ni honneur, ni principe, ni ombre d'honneur dans tout Pays où le laquéisme éleve.

Il est bien déplorable que le laquéïsme ait fait tant de progrès en Europe : qu'il seroit aujourd'hui glorieux à un Ministre d'Etat de réprimer l'orgueil des laquais, devenus presqu'aussi extrêmes dans leurs prétentions que les marchands !

Que des laquais obtiennent des emplois de finances ; il est bon que ces emplois soient exercés par des gens chargés de la haine & du mépris public. Qu'ils s'emparent des emplois de la douane ; il est souvent très-bon que les droits du Roi soient fraudés. Mais du moins qu'ils soient exclus de ces charges qui demandent de la noblesse dans les ſentiments, de la droiture dans la conduite. N'accordez jamais des honneurs à qui n'a pas de l'honneur.

Vous trouverez peut-être des ſentiments droits dans un homme qui a été laquais; n'y cherchez point de ſentiments nobles : s'il en a, fuyez-le; c'eſt un ſcélérat, ou du moins le plus vil des humains.

CXCII.

Pour parvenir au grand, on s'oublie, on ſe ſurpaſſe, on ſacriſie ſes paſſions, même à la vertu, à l'intérêt public : eſt-on parvenu; on redevient homme, on néglige ſes devoirs, on ramene tout à ſoi-même. Dès qu'on eſt affermi dans un poſte, on ſe dédommage de ce qu'il en a coûté de déſintéreſſement, de liberté, de plaiſirs, de fantaiſies, de reſſentiments pour y arriver.

CXCIII.

Un Miniſtre peut aujourd'hui être de beaucoup ſupérieur à Ximenès, à Richelieu, à Colbert, dans la ſcience de la Politique, & en même-temps leur être fort inférieur du côté du génie politique.

Les eſprits du premier ordre répandent une ſi vive lumiere, qu'ils élevent à leur niveau les esprits de la dernière classe.

C X C I V.

Le grand génie n'a que sa voix dans les conseils; mais il a ses lumieres qui le rendent maître de toutes les autres voix.

C X C V.

La plupart des Princes ne travaillent infructueusement, que parce qu'ils ne donnent point à la machine du Gouvernement un mouvement perpétuel, durable, indépendant d'eux.

C X C V I.

Un Roi fainéant abandonne le soin des affaires courantes & des affaires extraordinaires. Un Roi d'un génie médiocre s'amuse à faire lui-même ou le Ministre, ou le Commis, quand il s'agit de s'occuper à faire le maître.

C X C V I I.

Le chef-d'œuvre d'un premier Ministre seroit d'en abolir avant sa mort, & le titre, & le pouvoir, en en détruisant la nécessité, & en suppléant par de ſages réglements au beſoin des Princes imbécilles, fainéants, ou caducs.

CXCVIII.

L'établiſſement de la pluralité des Conſeils étoit une entrepriſe digne du Duc d'Orléans Régent : il eſt fâcheux qu'il n'ait pas ſubſiſté. Ce Prince avoit trop de feu; il ſemoit avec ardeur, mais il n'avoit pas la patience d'attendre le temps de la recolte.

La Polyſynodie, telle que l'avoit projettée l'Abbé de Saint-Pierre, ne pouvoit s'établir que fort difficilement, parce qu'elle étoit trop contraire aux préjugés, trop ſalutaire à l'Etat, trop utile à la Nobleſſe; mais une fois établie, elle ſe ſeroit perfectionnée tous les jours & ſeroit devenue immuable: c'étoit le moyen le plus noble, le plus naturel, le plus ſûr, d'affoiblir à jamais l'autorité du Roi. On ne pouvoit tendre au Deſpotiſme un piege plus adroit.

CXCIX.

Un Etat eſt perdu, quand ce qu'on y appelloit devoir eſt appellé vertu.

L'amour de la Patrie eſt éteint, dès qu'il commence à devenir un objet de louange.

C C.

Il y a par-tout des grades établis pour l'épée; il n'y en a nulle part pour le ministere : est-il donc plus aisé d'être Ministre que Général? Le gouvernement d'un Etat n'exige-t-il pas plus d'expérience & de savoir, que le commandement d'une Armée?

C C I.

Quand les esprits s'élevent, il n'est pas possible que le siecle baisse.

L'Europe verra peut-être des siecles de mauvais goût; elle n'en reverra jamais de Barbarie : l'invention de l'Imprimerie y a mis ordre.

C C I I.

Je ne sais si c'est un goût particulier; mais on ne me paroît jamais grand, quand on me fait sentir que je suis petit.

C C I I I.

De deux Héros, celui qui estime le plus son rival est ordinairement le plus grand.

J'aime à entendre dire à Condé dans un moment d'embarras : Que ne puis-je causer

causer seulement deux heures avec l'ombre de Mr. de Turenne!

CCIV.

Le Gouvernement de Berne est Démocratique de droit, & Aristocratique de fait. Un jour il s'élevera dans cette République un homme de tête, qui réunira en sa personne toute la puissance souveraine, en délivrant le pays de Vaud de la tyrannie des Baillifs, en humiliant les six familles regnantes, en associant aux premiers emplois ce qu'on appelle à Berne les petits bourgeois, en pillant cet immense trésor, fruit de la parcimonie de plusieurs siecles.

Les forces du Canton de Berne réunies sous un chef habile, peuvent tenir tête à tous les autres Cantons. Tous les Cantons sont donc intéressés à faire rentrer cette République dans sa constitution primitive, comme la plus propre à les garantir des entreprises de l'ambition.

La Suisse n'a rien à craindre que de Berne: mais Berne a tout à craindre de son Aristocratie.

La France, l'Autriche, la Savoye sont, dit-on, intéressées à maintenir la liberté de cette République fédérative:

cela eſt vrai ; mais l'Europe peut ſe trouver dans mille circonſtances, qui, en occupant ces Puiſſances, permettront aux Suiſſes de perdre leur liberté de la même maniere qu'ils l'ont acquiſe.

C C V.

Iſabelle de Caſtille ſentit de bonne heure combien il importe aux Princes de n'être pas pénétrés : elle s'interdit abſolument le plus léger indice de foibleſſe ; elle ne vouloit pas paſſer pour une femme forte, elle eût voulu qu'on oubliât qu'elle étoit femme. Quoique d'un tempérament tendre & voluptueux, elle conſervoit dans les bras de Ferdinand, &, pour parler avec Montaigne, à la barbe des commodités maritales, une dédaigneuſe gravité, un noble déſintéreſſement, une fiere indifférence. Quoique d'une conſtitution foible & délicate, il ne lui échappoit pas le moindre ſigne de ſenſibilité en ces moments dont la vivacité des douleurs nées d'une féconde jouiſſance fait des ſiecles. Qu'il falloit être ambitieuſe pour donner à la politique la force de vaincre la nature, en réſiſtant également, & à la douleur & au plaiſir !

CCVI.

Il y a peut-être plus de gens qui ont manqué aux occasions, qu'il n'y en a à qui les occasions ont manqué.

CCVII.

„ La Castille fournit des Capitai-
„ nes, & l'Arragon des Rois : proverbe Espagnol, à la louange de la Castille.

CCVIII.

Les Courtisans sont si portés à prêter de belles réponses au Prince, que leur silence sur son esprit est la preuve la plus complette de sa stupidité.

Les bons mots du Prince gagnent beaucoup à passer par la bouche des Courtisans : en les rendant au Public, ils leur donnent une certaine rondeur qui leur manquoit à leur naissance. Il n'est pas vraisemblable que tous ces traits qu'on attribue à Louis XIV, soient partis avec ce feu, avec ces graces qui charment. A mesure qu'on les a répétés, ils ont été embellis, placés, arrondis, & peut-être même un peu gâtés ; car ces antitheses, cette symmétrie, cette scrupuleuse justesse jusques dans les saillies, ſont plus d'un bel eſprit que d'un Roi.

Un bon mot étend plus la réputation d'un Prince qu'un magnifique Palais. Il faut que la curioſité de l'Etranger vienne chercher le Palais, au lieu que le bon mot vole à l'inſtant dans toute l'Europe & va chercher l'Etranger : le Palais eſt détruit par le temps, au lieu que le bon mot eſt conſervé par l'hiſtoire : le Palais doit ſes beautés à celui qui en a donné le plan, & le bon mot appartient à celui qui l'a dit.

Les paroles d'un Roi, toutes les fois que c'eſt le Roi qui parle, doivent être des traits de génie, de grandeur, ou de ſageſſe, des traits lumineux qui enlevent, qui frappent ou qui perſuadent.

Les paroles d'un Roi, toutes les fois que c'eſt l'homme qui parle, doivent être des traits d'humanité, d'eſprit, ou de ſentiment, des traits qui donnent une haute idée de la bonté de ſon cœur ou de la vivacité de ſon imagination.

On a vu des Rois pédants ; on en a vu de petits-maîtres.

Le pédantiſme de la Royauté conſiſte à parler & à agir en Roi, lorſqu'il faudroit parler & agir en homme ; à préférer toujours le magnifique à l'élégant, & les dépenſes faſtueuſes d'un luxe bruyant aux dépenſes modeſtes d'un goût délicat; à repréſenter toujours, & à ne ſe montrer jamais; à ſe reſpecter ſoi-même, au point de ſe croire un Etre fort conſidérable dans ce monde; à exiger de ſa Cour qu'elle s'amuſe avec gravité, qu'elle rie avec reſpect, qu'elle copie avec exactitude, qu'elle ſoit ſans murmure victime de l'étiquette, martyre de l'uniformité; à ſe monter péniblement ſur le ton décemment ennuyeux des délibérations & des ordonnances, dans ces entretiens où doivent regner la liberté, la confiance, l'enjouement, où il s'agit d'être homme de ſociété & non homme d'Etat, & où le plus reſpecté eſt toujours le moins aimable.

La petite maîtriſe de la Royauté conſiſte à traiter ſérieuſement les bagatelles, & légérement les grandes affaires; à ſe piquer puérilement de graces, de talents aimables, de bel eſprit; à ſe prévaloir de ſon rang pour mettre en vogue des fantaiſies, pour accréditer des ridicules, pour répandre des travers ſinguliers & favoris; à compoſer ſon air, à étudier ſes manieres, à préparer ſes ſaillies; à préférer dans les édifices le joli au beau, le colifichet au grand, le bizarre au régulier, dans ses entreprises le brillant au solide, le beau au bon, le miraculeux à l'utile, & dans ses plaisirs le raffiné au délicat, l'éblouissant à l'agréable, le singulier au simple; enfin, à vouloir passer dans sa Cour pour le modele du bon ton, pour le Héros de la galanterie, pour le Dieu de la mode.

CCIX.

Si j'étois Roi!..... Si vous étiez Roi, vous gouverneriez l'Etat aussi mal que votre maison... " Il n'y a nul de " nous, dit Montaigne, qui ne valût " moins que les Rois, s'il étoit conti- " nuellement corrompu, comme ils " sont, par cette canaille de flatteurs: " comment, si Alexandre, ce grand Roi " & Philosophe, ne s'en put défendre, " j'eusse eu assez de fidélité, de juge- " ment, & de liberté pour cela? Ce " seroit un office sans nom: autrement, " il perdroit son effet & sa grace.

CCX.

La premiere réflexion conduit les hommes au plaisir; c'est la seconde réflexion qui y conduit les femmes: demandez-le à celles qui sont ingénues,

CCXI.

Il y a des hommes ſans prix : ce ſont ceux qui donnent de ſages Loix à un Etat mal gouverné, & qui rendent plus reſpectable un Etat déja reſpecté. Ces hommes ne ſont pas rares, mais ils ſont rarement employés.

CCXII.

Apprenez à diſcerner les eſprits : tel eſt propre à l'intrigue qui ne l'eſt point à la négociation ; le Cardinal Dubois, par exemple.

CCXIII.

Démophile paſſe pour être incapable de rien : placez-le, il ſera capable de tout.

CCXIV.

Comme un Prince ne ſauroit tout voir ni agir toujours par lui-même, il doit ſe connoître en hommes ; & comme il n'a pas le temps d'approfondir ſon monde, il doit ſe connoître en phyſionomie.

En général, les hommes qui n'ont point de caractere, n'ont point de phyſionomie.

C C X V.

Les circonstances développent les hommes : c'est au Prince à juger lesquels il faut donner à développer aux circonstances.

C'est créer les talents que savoir les placer.

C C X V I.

Guillaume III fort embarrassé sur une affaire d'Etat, répondit à ceux qui lui conseilloient de consulter Newton : „ Newton ! mais Newton n'est qu'un „ grand Philosophe. Mr. Duclos applaudit à cette réponse dans ses Considérations sur les mœurs. Cependant il seroit bien étonnant, qu'un aussi grand Philosophe n'eût pu être grand Politique ; il seroit bien étonnant que Newton n'eût pu porter la Géométrie de son esprit dans une affaire d'Etat, dont on lui auroit montré toutes les parties. Newton n'auroit peut-être pas su décider entre un portrait de Vandeik & un portrait de Poussin, parce que le goût des Sciences & le goût des Arts est différent : mais il eût eu l'esprit bien roide, s'il n'avoit pas su prononcer entre un avis du Roi Guillaume & un avis du Maréchal de Schomberg, parce que l'eſprit du Philoſophe & l'eſprit du Politique eſt le même.

CCXVII.

Un Etranger, arrivant à Paris, fut fort ſurpris d'apprendre que Corneille n'étoit pas Miniſtre d'Etat. Apparemment que cet Etranger s'imaginoit qu'il s'agitoit des affaires dignes du grand Corneille dans le Conſeil de Louis le Grand. Cette ame ambitieuſe, hardie, ſublime, n'auroit peut-être pas trouvé deux affaires à ſon niveau dans le cours du plus long Miniſtere : il eût preſque toujours mal opiné, parce qu'il eût toujours opiné en grand homme : il eût brillé parmi les Romains à la tête du Sénat, où il eût pu regler le ſort des Peuples & des Rois; il eût été ridicule dans le Conſeil de France, où il auroit toujours été au-delà du vrai, à moins qu'il n'eût empreint aux plus petits objets la grandeur de ſon ame, ſuivant ſa deviſe :

Et mihi res, non me rebus ſubmittere conor.

Les grandes affaires demandent du génie & de la probité : Corneille en auroit eu trop pour les petites.

Ceux qui ne voyent dans Corneille

que le Poëte, & à qui le grand Politique échappe, je les renvoye au Maréchal de Grammont qui prétendoit que ses œuvres devroient être le bréviaire des Rois; à Mr. de Louvois qui disoit que pour juger la Tragédie d'Othon, il faudroit un parterre composé de Ministres d'Etat; à Mr. de Turenne, qui, à l'ouie de cette belle scene entre Sertorius & Pompée, s'écria plusieurs fois : " Où " Corneille en a-t-il tant appris ?

Il seroit bien étrange qu'un homme qui a si bien fait parler Photin & Achillas, Maximien & Cinna, ne sût pas délibérer sur une affaire proposée, & que celui qui a dressé le plan de la Tragédie d'Héraclius, fût incapable de dresser le plan d'un mémoire politique.

Tacite & Corneille sont les deux Auteurs qui ont vu le plus loin dans les abymes du cœur humain : il n'est peut-être point de maxime de politique qui leur ait échappé; ils ont tout démêlé, tout approfondi, tout deviné. Deux de leurs pages disent plus que tous les testaments de la Hoguette, de Richelieu, de Mazarin, de Colbert & de Louvois.

CCXVIII.

Tel homme seroit capable de gouverner un Empire, par la même raison qui le rend incapable de gouverner sa famille.

Comment un homme tel que l'Abbé de Saint-Pierre, occupé par goût des objets les plus intéressants, pourroit-il descendre aux détails minutieux de l'économie domestique ?

C C X I X.

Un préjugé généralement reçu, c'est que les gens de lettres ne sont bons qu'à faire des livres ; comme si ceux qui se sont le plus appliqués à perfectionner leur raison, s'étoient par-là même rendu incapables des emplois qui demandent le plus de raison ; comme si pour exceller dans les affaires, il ne falloit qu'une sorte d'esprit ; comme si le goût des Arts, le savoir, le talent de la parole étoient incompatibles avec la Science de la politique.

Il seroit aisé de prouver que les Princes, que les Ministres qui ont le mieux gouverné, ont été les plus éclairés : Xénophon, Annibal, César, Cicéron, Auguste, Mécene, Pline, Antonin, Marc-Aurele, Julien, Charlemagne, l'Hopital, Richelieu, Prior, Bolingbroke, Daguesseau, Ximenès ont grossi de leurs noms la liſte des grands hommes & celle des Auteurs.

Mr. de Polignac étoit-il moins habile Négociateur, pour être Philoſophe & Poëte? & pour avoir fait des choſes qui méritent d'être lues, le Roi de Pruſſe en a-t-il moins fait qui méritent d'être écrites?

Le Roi de Pruſſe n'eſt ſupérieur à preſque tous les Rois, que par la ſupériorité de ſes connoiſſances & de ſes lumieres. S'il étoit né ſimple Particulier, il eſt vraiſemblable que ces mêmes talents qui le tirent de la foule des Princes, auroient contribué à le laiſſer dans l'obſcurité d'un Sujet inconnu. S'il avoit été d'une naiſſance à être remarqué, on auroit dit : voilà un jeune homme qui pourra bien être un jour Préſident de l'Académie de Berlin. Le Miniſtre le plus habile auroit été le plus éloigné de deviner que les mêmes qualités qui le mettoient à la tête d'une ſociété littéraire, le mettoient à la tête des Conſeils, & à la tête des Armées.

L'eſprit des affaires & l'eſprit des lettres ſont ſi peu contradictoires, que parmi les Romains & les Grecs l'un ne marchoit jamais ſans l'autre.

Les Anciens ne ſavoient point le ſecret d'être grands hommes à demi.

Aujourd'hui les hommes en place ſe piquent d'avoir un goût du moins ſuperficiel pour les Arts, & de n'avoir aucune notion de ces ſciences que doivent ignorer des gens de condition : qu'ils laiſſent le goût des Arts aux Courtiſans, & qu'ils le remplacent par le goût de ces ſciences qui rendent l'eſprit moins brillant, mais plus juſte ; moins amuſant, mais plus utile ; moins léger, mais plus ſolide.

Que les Miniſtres qui ne ſavent pas lier la connoiſſance des lettres avec la connoiſſance des affaires, s'en prennent à la petiteſſe de leur ame.

Liſez Séneque : vous verrez un Philoſophe chagrin, un Moraliſte outré, un bel eſprit ſoigneux de ſa parure juſqu'à la puérilité. Liſez l'Hiſtoire Romaine : vous verrez que cet homme qui ſavoit ſi bien arranger des paroles, ſavoit encore mieux régler les affaires de l'Empire. Ce fut Séneque qui gouverna le monde pendant les cinq premieres années de Néron ; & , ſuivant Trajan, peu de Rois approchent de ces premieres années. Que le regne de Séneque dut être ſage pour mériter cet éloge du

Prince le plus propre à honorer la nature humaine, & à représenter la divine, pour me servir des termes d'un grand Peintre !

C C X X.

Les talents ne sont bien protégés que par les talents; & il n'appartient qu'au Roi de Prusse d'admettre dans sa familiarité Maupertuis, Voltaire, Algarotti, & de dire : " Que les Savants & les beaux esprits s'élevent à l'égal des Souverains. *Mémoires de Brandebourg*, 2 *Partie.*

Il est bien difficile de ne pas aimer les Arts, quand on fait tant de choses dignes d'être célebrées par eux.

Carmen amat quisquis carmine digna facit.

C C X X I.

Qu'est-ce qu'un grand Capitaine ? un homme admiré, de beaucoup inférieur à un grand joueur d'échecs qui ne l'est pas.

C C X X I I.

L'habile homme, que l'inventeur du cérémonial des Cours ! Pour se rendre seul maître des affaires, il occupa le

Prince de pompeuſes bagatelles, regla ſes heures, & fixa ſes moments. A force de reſpects, & de diſtinctions, & de flatteries, & d'attention à créer des charges domeſtiques pour le ſoulager dans les beſoins les plus naturels, il ſembloit en vouloir faire un Automate: ſemblable à cette Reine " qui ne maſ-
„ choit rien; non qu'elle n'eût dents
„ fortes & bonnes, non que ſes viandes
„ ne requiſſent maſtication; mais telle
„ étoit de ſa Cour & coutume & uſage.
„ Les viandes prenoient ſes Officiers,
„ & noblement les lui maſchoient,
„ ayant le goſier doublé de ſatin cra-
„ moiſi, & les dents d'ivoire bel &
„ blanc: moyennant leſquelles quand
„ ils avoient bien à point maſché ſes
„ viandes, ils les lui couloient par un
„ embut d'or fin juſques dedans l'eſto-
„ mach; par même raiſon nous fut dit
„ qu'elle ne fientoit ſinon par procura-
„ tion. *Voyez Rabelais, liv. V. chap.* 13.

CCXXIII.

Si les Princes d'Allemagne continuent encore un ſiecle à être marchands d'hommes, ils ne pourront plus faire ce commerce faute de denrées.

Pourquoi le Nord, autrefois ſi peuplé, qu'on l'appelloit *Officina gentium*, eſt-il aujourd'hui ſi dégarni ? Qu'eſt devenu ce principe de fécondité ? Il exiſte encore : mais les cauſes morales enchaînent le pouvoir des cauſes phyſiques.

Un des plus pernicieux effets du luxe, c'eſt d'avoir multiplié les cauſes qui troublent la propagation de l'eſpece humaine, en multipliant les objets de plaiſir & de diſſipation. L'on entre riche dans le monde : on y devient frivole, en conſumant ſa jeuneſſe & ſon bien dans des plaiſirs qui ſont l'image du mariage & qui n'en rempliſſent pas la fin; on ſe marie uſé, on meurt inutile.

Pourquoi un Peuple naiſſant ſe multiplie-t-il beaucoup ? & pourquoi, dès qu'il eſt formé, ne ſe multiplie-t-il plus dans la même proportion ?

Il y a dans quelques endroits de la Guinée un uſage qui prouve bien le bon ſens de cette Nation. Un certain jour de l'année, le Roi aſſemble tous les garçons & toutes les jeunes filles de ſon Royaume, & il fait ſur le champ autant de mariages qu'il s'en trouve de paires nubiles. *Voyez le Voyage de Guinée par Smith.* On ne connoît point en ce Pays-là les débauches des garçons ni les pâles couleurs des filles.

On

On compte en Espagne six à sept millions d'ames, & elle en pourroit nourrir six fois autant ; il lui manque donc six degrés de bonheur, de richesse & de puissance. Croyez-vous que si un Roi d'Espagne se le mettoit bien dans la tête, il pourroit repeupler son Pays ?

Un Prince peuplera son Royaume en facilitant le mariage au Paysan, à l'Ouvrier & au Soldat, & en faisant respecter la foi conjugale aux Courtisans, aux Gentilshommes & aux riches Négociants. Il facilitera les mariages, en encourageant l'industrie ; il fera respecter cette union, en étendant l'empire des mœurs, & en affoiblissant celui du libertinage. En Allemagne, l'esclavage des Paysans éteint, & l'industrie, & les familles : en France, le ridicule jetté sur l'amour légitime, le faux air de grandeur & de dignité qu'on a voulu mettre jusques dans les plaisirs domestiques, l'asservissement à la mode qui fait de la fidélité une vertu du vieux temps, ont banni les mœurs, & détruit plus de noms illustres que ni les tranchées ni les duels.

CCXXIV.

Une femme qui prendra conseil de

ſon tempérament, préferera toujours à un homme d'eſprit un homme qui n'a pas ſon eſprit dans ſa tête.

CCXXV.

Si la métempſycoſe étoit généralement crue en Europe, ſi l'on nous diſoit bien dès l'enfance que nous avons exiſté, nous nous rappellerions inſenſiblement qu'en effet nous avons été, & peut-être nous remettrions-nous les principales circonſtances de nos différentes exiſtences antérieures. En France, on imprimeroit des livres intitulés de bonne foi : mes Mémoires depuis l'an 300 juſqu'à l'année 2000.

CCXXVI.

Tel homme eſt irrégulier dans ſa conduite, uniquement parce que ſa poſition ne lui permet pas même les plats plaiſirs du mariage.

CCXXVII.

On n'eſtimeroit gueres les grands hommes, ſi l'on ſavoit combien peu ils s'eſtiment eux-mêmes, combien ils ſe trouvent petits, & combien ils le ſont en effet.

CCXXVIII.

Un Médecin vient de prouver que l'amour eſt une paſſion de même nature que la faim & la ſoif. Helas! tant de malheureux & de tyranniques moments ne diſent-ils pas à tout le monde que cela n'a pas beſoin de preuves, & encore moins de preuves par écrit?

CCXXIX.

Mr. de Fontenelle a dit : Le naïf eſt une nuance du bas. La Fontaine auroit dit : Le naïf eſt le ſublime du naturel.

CCXXX.

Une ſociété d'Athées pourroit ſubſiſter ſi elle avoit pour reſſort la vertu, pour objet l'égalité, & la vérité pour principe; en un mot ſi tous ſes membres étoient dignes d'être Chrétiens.

CCXXXI.

Tout eſt Peuple, je dis tout ſans exception, & Peuple en tout ſens, dans les Pays où il n'y a pas un état moyen entre le Courtiſan & le Bourgeois.

CCXXXII.

Si le Chevalier Taylor avoit un peu

de l'esprit philosophe de Mr. Diderot, ce seroit sans contredit l'homme le plus propre à nous donner de bons mémoires sur l'origine des connoissances humaines.

CCXXXIII.

Il me semble que le premier soin de l'Ambassadeur d'une Nation qui a un caractere, ne devroit pas être de se conformer au caractere de la Nation où il doit résider : c'est ne représenter qu'à demi ; & l'on cesse bientôt de représenter son Prince, quand on a cessé de représenter sa Nation.

CCXXXIV.

Il est une Contrée où l'on ne connoît ni les serrails, ni les verroux, & où néanmoins les femmes n'ont ni les plaisirs du vice, ni la gloire de la vertu.

Quelle est la femme la plus vertueuse ? celle que la nature a fait la plus voluptueuse, & la raison, la plus froide.

CCXXXV.

Les Grands qui payent de distinctions, de politesses, de titres, les services de leurs inférieurs, ressemblent assez à la vénérable Pontife Bacbuc de

Rabelais, qui présentant de l'eau frafche à ses convives, leur disoit en minaudant : " Or, imaginez, & beuvez.

CCXXXVI.

Paradoxe ridicule, extravagant, horrible. Parmi les Peuples policés, les moins heureux sont ceux qui ont peu de procès ; cela marque que les Loix y sont fort simples, & que peu de gens y sont soumis : or, un des plus grands malheurs d'un Etat, est qu'il n'y ait que de petits intérêts à discuter entre les Particuliers, & que peu de gens y ayent une volonté propre. Il y a donc des Pays où, au lieu de diminuer les procès, le législateur en devroit augmenter le nombre; où, au lieu de simplifier les loix, il devroit les multiplier & les étendre. Il n'appartient qu'aux Peuples florissants d'avoir une jurisprudence embarrassée & une procédure lente. Y a-t-il rien de plus absurde?

Et voyez combien l'esprit de Paradoxe aveugle. Ce Bohémien, on voit bien que c'en étoit un, me disoit : Si j'étois Roi de Boheme, je détruirois l'esclavage de la Glebe ; par-là j'augmenterois tout à la fois, & le nombre des intérêts, & le nombre des Citoyens. Comme s'il étoit fort nécessaire d'augmenter le nombre des Citoyens & des plaideurs. Y eut-il jamais de plus abominable hérésie? demandez-le à sept ou huit cents propriétaires, ils tiendront pour la simplicité des loix, & crieront si fort, que vous n'entendrez pas les soupirs & les pleurs de quatre ou cinq millions d'esclaves.

CCXXXVII.

Le Conseil de Louis XIV avoit formé le projet, non de prendre la Hollande, mais de la châtier : projet ridicule, & qui a été la source de l'élévation de cette République. Louis XV a mieux fait; il l'a endormie & ruinée.

Est-il avantageux à la France que la Hollande ait un Stadhouder héréditaire? Oui, s'il est vrai qu'un Etat perd en richesses & en force à proportion de ce qu'il perd en liberté. Cela n'empêche pas qu'il n'y ait des cas particuliers, où il est fâcheux pour la France que toutes les forces de la Hollande soient réunies sous un seul Chef qui les fait agir avec promptitude. Il vaut mieux pour elle d'avoir à essuyer le premier feu d'une Monarchie naissante, que le flegme d'une Républque affermie.

CCXXXVIII.

Il ne ſeroit peut-être pas difficile de démontrer que le ſyſtême actuel de la Ruſſie touchant la garantie de la conſtitution préſente de Suede, n'a tout au plus qu'une bonté de circonſtance. Permettez à la Suede de courir à l'eſclavage, vous la détruirez par elle-même : en lui conſervant la liberté, vous lui rendrez inſenſiblement tous les avantages que le deſpotiſme lui avoit ôtés.

CCXXXIX.

La conſtitution de Suede eſt admirable : le pouvoir du Roi eſt borné par le Sénat ; le pouvoir du Sénat eſt borné par la Diete. Le Roi n'eſt pas aſſez riche pour corrompre, la Nobleſſe aſſez puiſſante pour opprimer, le Peuple aſſez fort pour deſobéir. Le Prince eſt enchaîné par ſes ſerments, les Nobles par les Loix, le Peuple par ſes intérêts. Les trois pouvoirs y ſont judicieuſement diſtribués : la Diete fait les Loix, le Sénat les conſerve, le Roi les exécute.

Quelques-uns n'eſtiment pas la conſtitution de Suede, ils prennent pour vice de conſtitution, ce qui n'eſt que défaut accidentel de Gouvernement; ils n'y voyent que des partis, & ils ne voyent pas dans ces partis la liberté: leurs yeux ſont ouverts ſur les abus, & fermés ſur les avantages.

Et il faut bien que le Gouvernement arbitraire ne ſoit pas fait pour la Suede, puiſque trente ans de bonne adminiſtration & de liberté n'ont pas encore entiérement guéri toutes les playes que ce Gouvernement y avoit faites en quelques années.

C C X L.

Il eſt dans le Nord un Peuple ſage, dont j'oſe prédire la grandeur future. Si fidele à ſes principes il continue à favoriſer le Cultivateur, à encourager le Négociant, à occuper l'Ouvrier, à reſpecter le Propriétaire, à être gouverné par un Roi honnête homme, ce Peuple donnera le ton au Nord de l'Europe.

Quels progrès n'a-t-il pas fait dans le commerce, depuis qu'un François, homme de génie, que de grands malheurs & de grandes affaires jetterent ſur ſes bords, y porta l'eſprit de calcul, rétablit les anciennes compagnies, en con-

conseilla de nouvelles, créa une banque florissante, anima tout par ses pertes & par ses succès?

Qu'on juge par ce trait des ressources de ce Pays. Un de ses Rois essuye de longues guerres qui désolent ses Etats; un affreux incendie dévaste sa Capitale; la peste & la famine la dépeuplent: magnifique, libéral, actif, curieux, entreprenant, il voyage, bâtit, fait divers établissements très-dispendieux; il crée des billets d'Etat, auxquels les besoins des temps donnent le cours & le prix des monnoyes; il entretient constamment de nombreuses armées de terre, & ne néglige pas sa marine. Cependant il paye ses dettes, acquitte ses billets de monnoye, soulage ses Sujets, & laisse en mourant trente millions de livres à son successeur. C'étoit un Roi!

Son petit-fils ne donnera-t-il pas les derniers coups de pinceau à la gloire de sa Nation, lui qui a toutes les vertus de son Aïeul, & à la place de ses défauts, d'autres vertus?

CONCLUSION.

Vous voyez bien, ami Lecteur, que mon épigraphe, que mon Imprimeur a priſe ſi mal à propos pour mon titre, n'eſt pas ſi ridicule qu'elle vous l'a paru d'abord.

Toutes ces réflexions ſont détachées, parce qu'il n'eſt pas permis aux gens ſujets aux migraines de penſer de ſuite.

Je vous les ai préſentées dans le même ordre qu'elles ſe ſont offertes à mon eſprit, pour m'épargner la peine de les arranger, & le déſagrément de n'y pas réuſſir.

Elles ſont écrites avec aſſez de liberté, parce que j'ai cru qu'on pouvoit étendre au bon ſens ce que le Roi ſous lequel je vis a dit du génie dans ce beau mot: JE NE VEUX POINT QUE LE GÉNIE SOIT CONTRAINT DANS MON PAYS.

FIN.

SUPPLÉMENT

À

MES PENSÉES,

OU

ADDITION

De la sixieme Edition, jointe à la cinquieme.

SUPPLÉMENT À MES PENSÉES.

I.

LA Politique ſeule peut rendre l'homme heureux, parce qu'elle ſeule peut le forcer à l'être. L'étude de la morale nous éclaire ſur nos devoirs; c'eſt la politique qui nous les fait pratiquer. Les Loix naturelles peuvent contenir quelques hommes; les Loix politiques contiennent un Peuple entier. Les premieres nous foudroyent bien plus par les peines, qu'elles ne nous invitent par les récompenſes: les ſecondes, fondées ſur la crainte d'être pis, & ſur l'eſpérance d'être mieux, banniſſent le premier de ces ſentiments, & font jouir du ſecond. Les unes, à force de ſageſſe, ſont impuiſſantes : elles combattent ſans ceſſe une corruption qu'elles ne vainquent preſque jamais ; elles ſont les mêmes, quoique données à des Peuples différents : les autres nous prennent tels que nous ſommes, nous traitent plutôt comme capables de bonheur que comme capables de vertu, ne combattent de notre corruption que ce qui peut nuire à nos ſemblables, varient ſuivant la variation des caracteres & des climats : auſſi a-t-on vu des Peuples entiers bons Citoyens, au lieu qu'on n'a pas encore vu de Peuple bon Chrétien.

I I.

Rien ne hâteroit plus les progrès de la politique, que de la réduire en maximes. Les maximes favoriſſent la naiſſance des idées, comme elles en fixent la certitude ou la fauſſeté.

Mais pour exécuter ce projet, il faudroit ſaiſir les hommes par tous les côtés ; & il n'y a qu'un voyageur philoſophe, ſans patrie, ſans paſſion, ſans religion, qui pût y parvenir, en faiſant dans tous les âges & dans tous les Pays un Journal exact & précis. Ce Journal ſeroit la meilleure Hiſtoire du cœur & de l'eſprit humain.

III.

Il eſt abſolument impoſſible qu'un Prince, quelque ſage qu'il ſoit, faſſe des Loix qui rendent tous ſes Peuples heureux; il faut que les parties ſoient ſacrifiées au tout. Il doit donc calculer quelle eſt la ſomme des malheureux relative au plus grand nombre poſſible d'heureux; afin qu'il n'exclue du bonheur ou qu'il ne laiſſe dans la miſere que la quantité néceſſaire. Preſque tous les Légiſlateurs ſe ſont écartés de ce principe; auſſi leurs Loix n'ont-elles pas réſiſté au temps. Lycurgue, qui, parmi les Anciens, en a le plus approché, auroit dû s'en éloigner moins à l'égard des Ilotes. Ce qui a altéré la conſtitution primitive de la France, c'eſt moins l'ambition des Philippes, que le vice primitif de la conſtitution même, qui réduiſoit le Peuple conquis à obéir aveuglément au Peuple conquérant moins nombreux. Ce qui détruira l'Empire d'Allemagne, c'eſt l'énorme diſproportion qui eſt établie dans l'être politique & civil des Sujets : d'un côté un nombre infini d'eſclaves, de l'autre, un petit nombre de Gentilshommes & d'affranchis. En Dannemarck, la diſproportion eſt encore plus grande : tout le bonheur de tous les ordres, & non-ſeulement tout le bonheur dont ils jouiſſoient, mais encore tout le bonheur dont ils étoient capables, a été ſacrifié au bonheur d'un ſeul. Cet Etat tombera, ſi l'on n'infirme le trop grand pouvoir par l'affranchiſſement des payſans, à l'exemple de Berne, qui d'une main opprime les Villes & les Bourgeois, & de l'autre répand l'abondance dans les campagnes. La conſtitution d'Angleterre n'eſt la plus parfaite de toutes, que parce qu'elle a calculé avec tant de juſteſſe & de préciſion, qu'elle ne fait au juſte que le nombre de malheureux néceſſaire pour former ou pour affermir le bonheur général.

I V.

Le génie politique eſt, de l'aveu même des Géometres, bien ſupérieur à l'eſprit géométrique. Il y a cent Eulers, il y a cent Newtons pour un Colbert, comme il y a mille Colberts pour un Monteſquieu. Tout ce qu'un homme peut en Géométrie, un autre le peut auſſi, diſoit un grand Mathématicien. Les donnés des problêmes ſont déterminés : il y a, pour ainſi dire, un certain méchaniſme, on va toujours de certitude en certitude, parce qu'on a des points fixes : Newton a toutes les découvertes de ſes prédéceſſeurs, de l'application, de la patience. Il n'en eſt pas de même de la Politique : les donnés de problêmes ſont incertains ; nulle démonſtration qui convainque avec force, & qui mene à d'autres vérités avec tyrannie ; nul point auquel on puiſſe s'attacher comme à un guide infaillible : Monteſquieu n'a les découvertes de perſonne : l'application ne ſuffit pas ; la patience eſt inutile ; il faut du génie.

Le Calculateur politique travaille ſur des êtres compoſés & changeants ; le Géometre ſur des êtres ſimples & invariables. Le premier calcule les paſſions, le ſecond les nombres. L'un devine dans une ſcience, où c'eſt beaucoup que de ſavoir conjecturer : l'autre découvre des vérités qui ſe tiennent par la main. Il eſt vrai que celui-ci a ſur ſon rival l'avantage de l'évidence ; mais c'eſt l'avantage de ſa ſcience & non celui de ſa raiſon : & cela n'empêche pas que le calcul politique ne ſoit plus difficile, plus rarement fait, plus déciſif pour l'étendue du génie & la ſagacité de l'œil, que le calcul différentiel.

Quelle pénétration pour lire dans le présent l'hiſtoire de l'avenir! quelle vigueur de jugement pour ſe rendre maître des événements après ſa mort, pour enchaîner à ſes vues les rapports les plus éloignés, pour calculer les poſſibles, & ſe les aſſujettir par des loix!

V.

Si l'autorité craignoit moins le génie politique, elle encourageroit l'étude de la ſcience du gouvernement, comme la plus propre à rendre l'homme auſſi heureux qu'il lui eſt poſſible de l'être. De cette étude naîtroient des démonſtrations qui ſerviroient merveilleuſement à dreſſer des préſages politiques: nous aurions des hommes qui feroient les plus grandes choſes par le dévelóppement de cette qualité du génie, qui, réglant le préſent, le comparant avec le paſſé, ſe jette, s'enfonce dans l'avenir : nous aurions des Miniſtres, dont les uns auroient le talent d'imaginer les grandes entrepriſes, les autres le courage de les tenter, ceux-ci la fermeté pour les conſommer, ceux-là l'habileté pour les affermir. Nous aurions de ces ſublimes rêveurs, qui prédiroient les choſes les plus éloignées, ſemblables à

Tacite, qui avoit prévu les malheurs qui ravagerent l'Europe lors de la chûte de l'Empire, cinq cents ans avant cette chûte : " Quand les Romains seront „ chassés, dit ce grand homme, des „ Pays qu'ils ont conquis, qu'en arri- „ vera-t-il ? Les Peuples révoltés, dé- „ livrés de leurs oppresseurs, ne pour- „ ront subsister sans détruire leurs voi- „ sins ; & toutes ces Nations se feront „ les guerres les plus cruelles. Cet esprit de Prophétie a été l'esprit de tous les grands Politiques. Cette science a son enthousiasme.

V I.

Ne pourroit-on pas essayer un calcul de l'homme ? Si l'on avoit une fois une connoissance exacte de ses passions & de ses lumieres, on pourroit juger de ce qu'il seroit en telle & telle circonstance : il y a même des accidents qu'on pourroit prévoir, & des hazards qu'on pourroit amener. Ce calcul égaleroit l'évidence des démonstrations politiques à celle des démonstrations des Géometres : nous en trouvons quelques traces dans les belles Loix de Zoroastre ; depuis, on n'a pas songé à le perfectionner. Il faudroit savoir jusqu'à quel point notre tempérament influe ſur la détermination de notre volonté ; & cette découverte ſeroit l'ouvrage des expériences : il faudroit connoître au juſte les propriétés & le contrepoids des humeurs ; il faudroit établir en quoi tous les hommes ſe reſſemblent, en quoi ils different, quels ſont les ſignes extérieurs par leſquels leur caractere ſe manifeſte, & quel empire le climat, la conſtitution, l'éducation a ſur leur ame ; il faudroit déterminer le genre, les eſpeces, & ranger celles-ci ſous différentes claſſes, dont chacune auroit ſes attributs & ſon étiquette particuliere. Tout cela n'eſt pas aiſé, mais tout cela eſt poſſible. Liſez la vie de Turenne, après avoir pris une connoiſſance préciſe de ſon caractere ; & vous verrez que tout ce qu'il a fait de plus extraordinaire, eſt le plus naturel du monde : l'homme, le grand homme même, qui fait les grands événements, ne fait que s'abandonner au cours des événements ; il eſt toujours emporté par ſon caractere.

Suppoſez le Conſeil d'une des grandes Puiſſances de l'Europe, bien inſtruit de tout ce qui gouverne dans les autres Cours, des paſſions, des foibleſſes, des talents, en un mot, du caractere des Miniſtres, des Favoris, des Maîtreſſes, du Prince, de leurs forces, de leurs reſſources, de leurs perſpectives, de l'habilité de leurs Généraux, enfin de toutes les choſes dont les Négociateurs habiles pourroient donner des détails étendus & fideles; ce Conſeil pourra faire des calculs qui lui donneront ſur ſes ennemis autant de degrés de ſupériorité & de certitude, que ſes connoiſſances & ſes plans en auront de préciſion & de juſteſſe ſur les leurs.

VII.

Dans les Etats deſpotiques on ne projette point; car pour projetter, il faut penſer.

VIII.

Les projets de la plupart des gens en place tendent à leurs intérêts particuliers; l'Etat n'eſt que prête-nom : cependant la gloire du Prince eſt dans tous les conſeils le cri de ralliement.

IX.

Les bons projets ſont ceux qui prévoyent de loin le deſpotiſme, qui retardent ſa marche, ou préparent ſa chûte.

X.

Vous n'aimez pas les hommes à projets; tant pis pour vous, tous les grands génies les ont aimés.

X I.

La quantité des projets doit être proportionnelle à celle des besoins : nous avons des besoins infinis; il faut donc encourager tous les gens à projets, quels qu'ils soient. Eh! qu'importe après tout, qu'un Ministre qui souvent n'a rien à faire, ou qu'un Commis qui n'est souvent qu'un sot, lise des sottises d'une espece ou d'autre?

X I I.

La supériorité des forces passe toujours à la longue du côté de la supériorité du génie. L'empire des Sciences & des Arts est toujours suivi de l'empire de la terre & de la mer. Que dirons-nous donc de ces Princes qui défendent de penser?

X I I I.

Profitez de la premiere chaleur. Tel homme fera réussir aujourd'hui une affaire, qui la fera manquer demain.

Ne vous ouvrez point aux Courtisans. Ils vous répéteront ſans vous entendre, vous loueront ſans vous eſtimer, vous contrediront ſans jugement, vous jugeront ſans connoiſſance.

X I V.

Ne déplorons point le ſort du faiſeur de projets. Il craint, mais eſpere encore plus; & l'eſpérance, dès qu'elle devient paſſion, eſt la plus douce de toutes. Il eſt refuſé, mais il n'eſt pas abattu; c'eſt Marius aſſis ſur les ruines de Carthage. Il trouve dans de nouveaux projets de nouveaux plaiſirs: fiez-vous à ſon imagination; il ſera bientôt conſolé. L'eſprit court, vole, s'attache à l'objet que le cœur lui montre.

X V.

Un moyen infaillible de ſe tromper dans la compoſition d'un grand projet, c'eſt de ne point ſimplifier le principal objet dont on eſt occupé. Et un moyen tout auſſi ſûr de ſe tromper dans l'exécution, c'eſt de n'en pas conduire de front toutes les parties.

X V I.

Les Miniſtres qui ont de l'humeur,

rejettent les projets les plus utiles en vous citant des projets qui n'ont pas réussi : la petitesse de leur esprit fait preuve contre la solidité du vôtre.

X V I I.

Il y a des projets plus effrayants que difficiles, qu'il est plus aisé d'exécuter qu'il n'est aisé d'en concevoir l'exécution.

Et en est-il d'une exécution impossible ? Le hazard peut produire les monstres les plus bizarres ; le hazard peut réaliser les projets les plus chimériques. Lycurgue, Cromwel, Biron, Maintenon. Richelieu prit en imagination la Rochelle, trente ans avant que de la prendre.

S'il y avoit en Europe douze hommes qui sussent peser l'apparent, le douteux, le possible, le certain, profiter des événements, les préparer, les faire naître, voir le danger le plus éminent d'un œil intrépide, mettre en mouvement les passions d'autrui & se garantir des leurs, nous verrions en Europe les révolutions les plus rapides si naturellement amenées, qu'elles n'étonneroient que les Sages, quoiqu'elles changeassent l'Univers.

XVIII.

XVIII.

Il devroit y avoir dans tous les Codes un article qui pôrtât : *Gens en place, vous ne prendrez point le nom du Seigneur votre Roi en vain.*

Les petits ſont tous les jours opprimés par les noms des grands, à l'inſçu des grands.

XIX.

Toutes les fois qu'un Politique habile trouvera un crime utile à commettre, comptez qu'il le commettra.

XX.

Je diſois à un Miniſtre : Il ſeroit bon que le Roi de** eût exigé à Aix-la-Chapelle une condition qui lui auroit un jour fourni un prétexte de guerre. Bon ! me répondit-il, quand on eſt en état de faire la guerre, on ne donneroit pas le ſou d'un prétexte.

XXI.

Qu'importe que le manifeſte ſoit mauvais, pourvu que les ſoldats ſoient bons ?

L'éloquence des Rois ne conſiſte pas à bien dire, mais à faire trembler leurs ennemis & à effrayer l'Univers.

Faites-moi un manifeste, disoit le Duc d'Orléans à un de ses Commis. Mais, Monseigneur, qu'y mettrai-je? Mon ami, je n'en sais rien; mais faites un manifeste.

X X I I.

Que le grand homme soit toujours semblable à lui-même; qu'on lise son caractere dans tous ses goûts; que Charles XII, jouant aux échecs, fasse marcher le Roi le plutôt qu'il peut, & ne roque jamais; qu'un Prince, Philosophe & soldat, tel que le Roi de Prusse, mette de la raison & du militaire jusques dans ses plaisirs.

X X I I I.

Que l'homme d'Etat soit maître de ses passions; que, comme Bolingbroke, il sache céder une Maîtresse chérie à un utile Commis, pour le retirer de la dissipation.

Que l'homme d'Etat se joue des plaisirs; que, comme lui, il puisse dater des fesses de la belle Pultenai des dépêches qui décident du destin de l'Europe.

X X I V.

Il ne sert de rien à un homme d'Etat

d'un ſavoir ſuperficiel, d'avoir le goût bien ſûr.

Il ne ſert de rien à un homme d'Etat de peu de génie, d'avoir beaucoup d'eſprit.

X X V.

„ Quand vous pontez au Pharaon, „ vous épiez les moments de la carte „ routée : quand vous aurez à traiter „ avec le Courtiſan, épiez le moment „ de la probité.

„ Soyez toujours modeſte, jamais „ humble. La modeſtie eſt la qualité „ d'un honnête homme : l'humilité eſt „ la qualité d'un lâche, d'un fourbe, „ d'un ſot, ou la vertu d'un Chrétien.

X X V I.

On ſe plaint aujourd'hui de la rareté des grands génies : notre ſiecle a raiſon.

Je ne connois que trois grands génies; de ſupérieur, je n'en connois point; de créateur, je doute que perſonne en connoiſſe.

X X V I I.

Il y a un homme que j'étudie depuis quatre ans, & qui eſt toujours pour moi un problême impoſſible à réſoudre. Il aime la retraite, il ſoupire après le repos, & il passe sa vie de Républiques en Républiques, de Rois en Rois. Il n'y eut jamais de plus habile négociateur, & il manque toutes ses négociations. Il manque toutes ses négociations, & toute l'Europe le reconnoît pour le plus habile négociateur.

X X V I I I.

Il y a des hommes sans prix : ce sont ceux qui donnent de sages loix à un Etat mal gouverné, & qui rendent plus respectable un Etat déja respecté. Ces hommes ne sont pas rares, mais ils sont rarement employés.

Il y a peut-être plus d'hommes qui ont manqué aux occasions, qu'il n'y en a à qui les occasions ont manqué.

X X I X.

Qu'un Prince ait l'art heureux de discerner les esprits, & l'art plus heureux encore de les placer. Un homme déplacé ressemble à une table de Pharaon.

Les hommes sont dans un Etat ce que des instruments de musique sont dans une orchestre : ils rendent des sons plus ou moins agréables, suivant qu'ils sont bien ou mal touchés.

X X X.

Un coup d'œil jetté ſur la phyſionomie d'un homme, nous donne une idée plus diſtincte de ſon ame que la plus longue étude de ſon caractere.

X X X I.

Il eſt impoſſible de connoître à fond un homme, ſi l'on n'a vécu familiérement avec lui.

En jugeant de ſon caractere par les faits, on fait ſouvent un portrait d'imagination.

La vie publique ne dit pas ce qu'on eſt ; elle dit ce qu'on veut paroître.

Ce n'eſt que dans la vie privée qu'on voit de ces traits qui décelent.

Il y a peu d'hommes qui ayent un caractere fixe : le cœur eſt ſujet aux mêmes variations que le viſage.

Nous ne nous connoiſſons pas nous-mêmes ; comment les autres nous connoîtroient-ils ? On a beau dire ; le premier eſt bien plus facile que le ſecond.

Et pourquoi ne nous connoiſſons-nous pas ? parce que nous ne ſommes preſque jamais ſemblables à nous-mêmes.

Si les Héros du Stadhouderat & du

Parlement d'Angleterre revenoient au monde, ſe reconnoîtroient-ils dans la belle galerie de l'Abbé Rainal?

La plupart des Hiſtoriens prennent le maſque pour le viſage, le Héros pour l'homme : au lieu de repréſenter ils peignent; ils peignent de profil, & ſouvent ils ſe peignent eux-mêmes.

En tirant d'après les faits des hommes qu'ils n'ont pas connus perſonnellement, ils reſſemblent à ce Grec amoureux des femmes qu'il n'avoit pas vues.

Fléchier a peint Ximenès comme un grand Saint, Marſollier comme un grand homme d'Etat; il n'eſt pourtant pas ſûr que Ximenès fût l'un ou l'autre.

Nous n'avons pas d'idée diſtincte du caractere d'un homme que nous voyons tous les jours, que nous voyons avec curioſité, que nous étudions avec ſoin, que nous avons ſuivi depuis ſon enfance; & nous pourrions en avoir d'un homme mort depuis cent, mille, deux mille ans?

Liſez l'Hiſtoire des Céſars, liſez les Céſars de Julien; vous n'y verrez pas les mêmes hommes : votre jugement reſtera ſuſpendu entre la dépoſition des témoins & la ſagacité du Philoſophe.

Et Julien lui-même eſt-il bien connu? Les Païens en ont fait un Sage, & il ne l'étoit pas; les Peres de l'Égliſe en ont fait un monſtre, & il l'étoit encore moins. Mr. de Monteſquieu le regarde comme un des plus grands hommes; Mr. de la Bletterie comme un homme ſingulier. Un autre dira peut-être que de ces deux jugements réunis on en feroit un très-juſte, en diſant, que Julien étoit un homme ſinguliérement grand.

Louis XIV, ce Prince ſi ſouvent peint, & avec des couleurs ſi différentes, eſt encore à peindre : ſon dernier portrait eſt le plus mauvais de tous, car il devoit être le meilleur; on n'y retrouve ni Louis, ni Voltaire.

XXXII.

Un homme qui a du mérite, gagne infiniment à appartenir à une Nation qui n'en a pas.

XXXIII.

Le gouvernement fait une grande différence, l'éducation la fait prodigieuſe, mais c'eſt toujours le phyſique qui fait la différence eſſentielle.

Quoique le gouvernement emporte

tout, il ne peut rien ſur les genres, il n'eſt maître que des eſpeces; il ne peut anéantir l'eſprit dominant d'une Nation, il peut tout au plus l'enchaîner; c'eſt un ruiſſeau dont il détourne aiſément le cours, mais dont il ne ſauroit tarir la ſource : l'empire du climat eſt plus fort que lui.

La Grece, autrefois ſi féconde, ſemble être devenue ſtérile ; c'eſt que le Gouvernement a changé. Le principe de fécondité lui reſte, parce que le ſoleil ne change pas ; mais l'oppreſſion en arrête, en ſuſpend les effets.

Voyez les Ruſſes. Le plus grand homme qui ait encore étonné l'univers, les a élevés; mais le commerce a beau adoucir le joug, l'Académie a beau cultiver les Arts, l'Impératrice les encourager, les Etrangers les leur enſeigner, il n'eſt pas poſſible d'en faire des hommes d'eſprit.

XXXIV.

Philippe de Macédoine raſſembla tout ce qui put ſe trouver de plus ſcélérat & de plus vicieux parmi ſes Sujets, & les plaça dans une Ville qu'il leur bâtit exprès.

Je

Je voudrois bien qu'on nous eût conſervé, ou du moins qu'on trouvât dans les ruines d'Héraclée les Loix civiles & politiques de cette République.

Vraiſemblablement les premieres étoient fort juſtes & fort ſéveres, & les ſecondes tendoient à l'aggrandiſſement & à la conquête.

Ils dûrent faire d'excellentes Loix de Religion; car ſe méfiant néceſſairement les uns des autres, ils dûrent naturellement recourir à la Religion comme au meilleur frein de la licence, comme au plus ſûr garant que l'homme puiſſe avoir de la probité de l'homme.

La Démocratie dut s'établir parmi eux: car qui auroit voulu être Deſpote? qui auroit voulu être Décemvir dans un pays où un coup de poignard ne coûtoit rien? Et des hommes également courageux auroient-ils voulu leur égal pour Monarque? C'eſt la foibleſſe des Peuples qui a fait la puiſſance des Rois.

Une ſociété qui ne ſeroit formée que de ſcélérats du premier ordre de toutes les autres ſociétés, produiroit bientôt un Peuple de Sages, de Conquérants & de Héros.

Une République fondée par Cartouche auroit eu de plus ſages loix que la

République de Solon, & peut-être des ſuccès plus rapides que celle de Romulus.

Ce ſont les mêmes qualités qui font les grands Héros & les grands criminels; & l'ame du grand Condé reſſembloit à l'ame de Cartouche.

Les fondateurs des Monarchies ont été des uſurpateurs adroits : les fondateurs des Républiques ont été des brigands hardis & heureux.

Cartouche, Roi, auroit commencé par aſſervir ſes Sujets, auroit continué par diviſer ſes ennemis par la ruſe, auroit fini par les ſubjuguer à force ouverte.

Quand je réfléchis ſur les premieres années de ſa jeuneſſe, quand je le vois, dès l'enfance, méchant, avide du bien d'autrui, ruſé, diſſimulé, impénétrable, audacieux, j'admire la force du ſang, je me perſuade que, pour être vertueux, il ne ſuffit pas de le vouloir; je ſuis tenté de dire : " Il étoit donc im„ poſſible que Cartouche ne fût pas „ ou un grand ſcélérat, ou un grand „ homme.

XXXV.

Qu'un Prince raſſemble dans une même Ville tout ce qu'il trouvera de plus ſage, de plus éclairé, de plus vertueux, de mieux fait parmi les perſonnes de l'un & de l'autre ſexe; cette Ville ſera une pépiniere de grands hommes.

Les Princes ont des haras de chevaux; ils devroient en avoir de Sujets. Quand on empêchera le mélange des races, on ſera ſûr d'avoir de l'excellent, & en chevaux & en hommes.

Il faudroit donner à cette Ville de bons réglements d'éducation, qu'un Phyſicien & qu'un Moraliſte devroient être chargés de dreſſer & de maintenir.

Ces réglements rendroient inutiles la plupart des autres Loix : & que feroit-on de Loix dans une Ville dont la nature porteroit tous les Habitants à la vertu?

Les Légiſlateurs ſe contentent de prendre ſoin des enfants après leur naiſſance. Notre Légiſlateur devroit en prendre ſoin dès leur conception.

Quand une femme ſentiroit dans ſon ſein un tendre fruit de ſes plaiſirs, un nouveau gage de l'amour, il faudroit lui preſcrire un régime convenable à ſon état & à ſon tempérament, inventer des amuſements pour l'égayer, l'éveiller au ſon des inſtruments, entretenir le feu de ſon eſprit, en prévenir les inégalités & les caprices, tourner ſon ame vers des objets qui lui inſpiraſſent des réflexions ſages, ou qui rempliſſent ſon cœur de ſentiments tendres; en un mot, il faudroit aider & careſſer la nature.

C'eſt ce que faiſoient les Brachmanes : auſſi leur tribu étoit-elle une tribu de Sages.

Du ſein de la vertu l'enfant paſſeroit dans les bras de l'humanité; il ſeroit nourri du lait de la mere qui l'auroit conçu; le plaiſir de recevoir ſon premier ſouris, & d'y répondre par un ſouris encore plus tendre, ſeroit réſervé à celle qui lui auroit donné le jour.

Dès que ſa langue formeroit les premiers bégayements, & que ſon oreille ſeroit ouverte aux premiers ſons, on le mettroit entre les mains des maîtres vertueux & ſavants; on lui enſeigneroit les Arts, mais on lui inſpireroit la vertu; on étudieroit ſon caractere, qu'on connoîtroit par ſes goûts; on obſerveroit quelle différence il y auroit entre ſon enfance & l'enfance de ſes parents; on développeroit ſes talents, mais on ne les forceroit pas; on prendroit un ſoin très-ſcrupuleux de ſon corps, pour prendre un ſoin plus utile de ſon eſprit; on le guériroit de ſes défauts, en travaillant ſur le phyſique : on examineroit le premier eſſor de ſon ame, & dans ce premier eſſor on verroit l'Hiſtoire de ſa vie.

Quand l'âge l'auroit rendu capable d'amour, & la raiſon capable d'un amour conſtant, on l'uniroit à l'aimable vierge qui lui auroit la premiere appris qu'il a un cœur.

Les Précepteurs de ce Peuple devroient être des Phyſiciens conſommés & des Citoyens vertueux, qui, après avoir élevé les tendres eſpérances de la Patrie, ſeroient élevés eux-mêmes aux premiers poſtes, comme ſeuls capables de faire obſerver des Loix qu'ils auroient fait aimer.

Il y auroit peu de Loix; mais les détails en ſeroient infinis : ces détails auroient pour objet la conſervation de la vertu, & pour baſe la connoiſſance de l'homme.

Cette connoiſſance, tous les jours perfectionnée par des obſervations nouvelles, rendroit poſſible le calcul de cet être bizarre, ſi ſoumis aux accidents qu'il ſemble ne pouvoir l'être au calcul.

Notre Légiſlateur devroit principalement veiller ſur les mariages. Il ne faudroit pas gêner le choix du Citoyen;

ſon cœur ne ſeroit point vertueux, s'il n'étoit pas libre. Mais il faudroit l'amener avec adreſſe à ne choiſir qu'une compagne ſemblable à lui : il faudroit qu'en croyant ne faire un choix que pour lui-même, il fît réellement un choix pour la ſociété, & tel que la ſociété l'auroit prévu ; afin que le bonheur d'un ſeul fît la ſûreté de tous.

Si la paſſion ſeule ſe chargeoit de l'union des amants, il en réſulteroit de grands maux. Des caracteres, ou antipathiques, ou trop ſympathiques, s'uniroient ſouvent, & ſouvent il en naîtroit un tiers vicieux, & vicieux même en dépit de la vertu de ſes parents.

Toute ſorte de bois & de marbre, diſoit Pythagore dans le choix de ſes diſciples, n'eſt pas propre à faire un Apollon ou un Mercure. Toute ſorte d'humeur, toute qualité de ſang, tout aſſortiment de caracteres ne ſeroit pas propre à faire un Citoyen de cette Ville.

La fille la plus vertueuſe, la plus raiſonnable, la plus belle, ſeroit le prix du jeune-homme le plus vertueux, le plus raiſonnable, le plus beau : les qualités des parties ſeroient leurs biens.

La Religion, toujours attentive au bonheur des hommes, toujours ſi puiſſante ſur les paſſions, conſeilleroit aux maris de ne ſe livrer aux plaiſirs de l'hymen que dans ces moments rapides où ils ſeroient tout eſprit, tout ſentiment, tout cœur, & leur femme à l'uniſſon.

L'adultere ſeroit puni de mort, parce qu'il violeroit les premiers rapports; rapports établis par la nature, conſacrés par les loix.

La débauche des filles ſeroit punie comme l'homicide, parce qu'il ſeroit auſſi pernicieux de produire des monſtres, que de tuer des Citoyens.

L'ivreſſe ſeroit un crime capital, parce qu'en attaquant les facultés du corps, elle énerve celles de l'ame.

Il n'y auroit point de nobleſſe : car comment une diſtinction entre un homme & un homme ſe maintiendroit-elle parmi des hommes que la vertu rendroit égaux ?

Mais comme cette égalité ne ſeroit pas parfaite, il y auroit une nobleſſe perſonnelle, & non un corps de nobleſſe héréditaire.

Les biens n'y ſeroient pas communs : car les talents y ſeroient différents, & il faudroit bien que les talents euſſent une récompenſe.

Il y auroit des pauvres & des riches;

car ſans cela pourroit-il y avoir des arts & de grandes vertus ?

Tous les membres de la ſociété qui ſeroient infirmes, mal-ſains, laids, ſots, méchants, ſeroient retranchés de la ſociété.

Ce Peuple n'auroit pas beſoin de Médecins ; car les enfants vertueux & ſains des peres vertueux & ſains, ne meurent que de vieilleſſe.

Ce Peuple perfectionneroit les Arts & les Sciences ; car il auroit du génie, de l'activité, une ſuite d'expériences, & la paix.

Ce Peuple n'obéiroit qu'à une religion pure, & n'auroit qu'un culte ſimple : car comment des hommes éclairés aimeroient-ils une religion obſcure & un culte ſuperſtitieux ?

Ce Peuple enfin ne ſeroit point ſoumis à un Deſpote : car un homme courageux ne craint pas.

Mais il pourroit être ſoumis à ſes propres loix, protégées par un Monarque.

Et comme cette ſociété ne pourroit ſe ſoutenir malgré la vigilance continuelle des Magiſtrats, ſi elle étoit trop nombreuſe, elle s'acquitteroit envers ſon protecteur en lui envoyant tous les dix ans un certain nombre d'hommes, pour prévenir les maux que causeroit l'augmentation de l'espece.

Ces hommes seroient pris parmi les plus vicieux & les plus mal faits : mais les plus vicieux de cette République ne seroient-ils pas les plus vertueux des autres Pays.

Les Etrangers ne seroient point souf-ferts dans cette isle, de peur qu'ils n'y portassent leurs maladies, leurs vices, leurs esprits.

S'il y avoit en France une pareille Ville, l'Etat en retireroit des avantages infinis, supposé qu'elle pût garantir sa vertu de la contagion des Villes voisines, & son industrie de la cupidité des Traitants.

On en tireroit des bons Artistes, de bons Magistrats, de belles femmes, de grands hommes en tout genre.

En cent ans il s'y formeroit un sang si pur & si beau, qu'il seroit le réparateur de la Nation.

Si j'avois un Royaume à moi, j'ordonnerois dès demain l'essai de cette police. Je suis si persuadé que la différence des tempéraments fait seule la différence des ames, & que les qualités du cœur & de l'esprit sont héréditaires, que je ne doute pas que je n'eusse dans vingt-cinq ou trente ans une race d'hommes, dans les veines desquels circuleroient le bon sang & la vertu.

XXXVI.

La République de Florence périt par sa Loi fondamentale.

Cette Loi, pour maintenir l'égalité entre les Citoyens, voulut qu'ils exerçassent tous une profession.

Par-là elle les arrachoit à l'oisiveté, & tempéroit en même-temps la distinction entre le Peuple & les Nobles.

Mais en affoiblissant l'Empire d'une chimere, elle élevoit sur ses débris une puissance redoutable & réelle : je veux dire, les richesses & l'industrie.

Elle ne vit pas qu'en annéantissant d'une main l'autorité qui naît du respect, elle créoit de l'autre cette autorité qui vient de la supériorité des forces.

Elle ne vit pas qu'au lieu de permettre aux riches un usage arbitraire de leurs richesses, il falloit ouvrir la porte aux dépenses pour l'Etat, comme on le fit à Rome, à Athenes.

Qu'en arriva-t-il ? Quelques Citoyens amasserent des richesses immenſes, engloutirent l'induſtrie des uns, acheterent l'induſtrie des autres.

La République de Florence ſe partage en trois marchands. Caponi, Strozzi, Médicis, ſont chacun à la tête d'un parti.

Médicis, qui étoit le plus riche des trois, gagna enfin à un jeu où l'on ne peut perdre que faute de hardieſſe & d'argent.

Le premier Banquier devint le premier Magiſtrat; & les Médicis, après s'être ſervi de l'induſtrie du Peuple pour le ruiner, de ſon revenu pour l'acheter, de ſes beſoins pour l'aſſervir, ſe ſervirent de ſes forces pour l'opprimer.

La maiſon de Médicis n'eſt plus; mais Florence n'a pas ceſſé d'être eſclave; l'Empereur & la France en ont diſpoſé à leur gré : preuve bien évidente que les petits Princes ne ſont jamais ſouverains, & que les petits Etats n'ont qu'une liberté précaire.

XXXVII.

Chaque Art a ſon génie particulier. C'eſt la réunion du bon ſens & du bon goût qui forme le génie de l'art de regner.

Le goût eſt ce ſentiment, cet inſtinct

qui conduit au bien : le bon ſens eſt cette qualité mâle qui conduit au mieux.

Ce goût conſiſte principalement à diſcerner les eſprits, & le bon ſens à les employer.

Ces qualités ſuffiroient pour faire un grand Roi : mais elles ne vont jamais ſeules; elles en ſuppoſent, elles en produiſent d'autres.

XXXVIII.

Le nombre des grands Politiques n'eſt pas ſi grand qu'on nous le dit. Si ce titre n'avoit pas été prodigué, la Politique ſeroit-elle encore au berceau? Voyez la plupart des Empires & des Conſeils : t. . . . .

XXXIX.

Donner à la machine politique un mouvement durable, indépendant de la capacité des Princes, indépendant de la volonté des Miniſtres, un mouvement qui réſiſte aux ſecouſſes de l'uſurpation, aux aſſauts des guerres ruineuſes; voilà le ſublime de la Politique, & voilà à quoi n'ont preſque jamais penſé ni les fondateurs ni les reſtaurateurs des Empires.

X L.

La plupart des grands projets de l'Abbé de Saint-Pierre ont le grand défaut de ſuppoſer . . . . & de bonnes . . . . . dans les . . . .

X L I.

Pourquoi tant d'inconſtance dans la plupart des Conſeils? c'eſt qu'ils n'ont point de principes fixes : ils ont bien un ſyſtême, mais ils n'ont aucune de ces démonſtrations, ſans leſquelles l'eſprit ne peut être ferme.

X L I I.

Il y auroit un moyen aiſé de perfectionner les arts, le commerce, la politique, en un mot la ſcience du Gouvernement.

Il faudroit que l'Etat eût dans toutes les Villes principales du monde un Réſident, homme d'eſprit & de goût, ſenſé, laborieux, exact.

Ce Réſident feroit ſon unique occupation de l'étude du Pays où il ſeroit employé. Il dreſſeroit des mémoires fideles ſur toutes les parties du commerce, ſur les établiſſements de police, ſur les impôts & la maniere de les percevoir, ſur les denrées qu'il faut exporter ou importer, ſur le génie des habitants, ſur le ſyſtême du Magiſtrat, ſur le caractere particulier des perſonnes puiſſantes, ſur les vues, les fonds, les entrepriſes, les reſſources des principaux Négociants, ſur les progrès & les découvertes des Artiſtes.

Ces mémoires ſeront envoyés à un Conſeil de commerce, uniquement occupé du ſoin de les examiner, de les comparer, de les diriger.

D'après ces connoiſſances on formeroit des plans utiles, on dreſſeroit des démonſtrations, on amaſſeroit des matériaux pour le calcul politique.

Si la Pruſſe avoit un pareil Réſident en Eſpagne, quel commerce n'y feroit-elle pas ? Commerce de toiles, commerce d'étamines, commerce de bois, commerce de quincailleries : en retour, elle auroit de la premiere main de la caſſonade, de la cochenille, de l'indigo, des vins & des piaſtres.

X L I I I.

Il y a des Etats ſi mal ſitués, que la grandeur, que l'exiſtence de leurs Souverains eſt, pour ainſi dire, précaire. Il faut des ſiecles de ſuccès continus pour les faire fleurir; il ne faut que la perte d'une bataille pour les renverſer. Le Trône tombe dès que le Roi s'y endort.

C'eſt ordinairement dans ces Pays que naiſſent les grands hommes : le beſoin crée les héros.

X L I V.

Un grand crédit donne un grand pouvoir, & une bonne tête donne un grand crédit : voyez les Princes d'Orange & le Roi de Pruſſe.

Sur le Trône, il s'agit moins d'être grand que de le paroître.

X L V.

Il n'eſt pas poſſible qu'il y ait de bonnes têtes dans un Pays où il n'eſt pas poſſible d'avoir le cœur haut.

X L V I.

Les Rois de Dannemarck ſont les Princes les plus modérés, & les ſeuls qui ayent leur brevet de Deſpote. Ce ſont des Plébéiens, qui n'ont rien oublié pour avoir droit au Conſulat, & qui n'éliſent que des Patriciens, depuis qu'ils peuvent s'élire eux-mêmes.

XLVII.

Est-il permis aux Peuples opprimés de se révolter contre leurs Souverains ? Il seroit à souhaiter que les Princes crussent que les Peuples ont ce droit, & que les Peuples crussent ne l'avoir pas.

XLVIII.

Des têtes sages, des bras vigoureux, des mains nettes, des esprits justes & brillants, des cœurs sensibles à la liberté, à l'intérêt, ou à la gloire : voilà tout ce qu'il faut dans un Etat. Les loix seront faites avec équité & maintenues avec vigueur, les terres bien labourées, les deniers publics bien administrés, les Arts perfectionnés, les Provinces bien défendues.

XLIX.

Il y a aujourd'hui en Europe un Etat, d'un côté si épuisé, & si mal gouverné de l'autre, qu'il ressemble à ces malades placés entre l'étisie & le régime.

L.

La vue d'un homme puissant nous pénetre de respect de crainte. Il faut que nous soyons bien pervers!

LI.

L I.

Les hommes ſont méchants, quoiqu'ils naiſſent bons : triſte vérité !

Les hommes ſont forcés d'être méchants dans certains poſtes, quoiqu'ils ſoient bons : vérité encore plus triſte, parce qu'elle eſt encore plus ſûre.

L I I.

On déclame plus que jamais contre le Machiavéliſme, & l'on s'y jette plus que jamais. On parle comme Marc-Aurele; on agit comme Céſar Borgia.

Il viendra bientôt un temps où nous ſerons obligés de dire : encore ſi l'on ſe contentoit de la politique de Machiavel !

L I I I.

Machiavel vivra toujours; on le déteſtera tout haut, on le ſuivra tout bas, parce que les crimes de ſes diſciples ſont conſacrés par de grands exemples, ennoblis par de grands périls, conſeillés par de grands beſoins, inſpirés à de grandes ames, juſtifiés par de grands ſuccès. Tout en eſt grand.

L I V.

Machiavel ſera mépriſé, quand les hommes ſeront aſſez ſages pour voir la facilité de s'élever en ne ſe piquant pas de délicateſſe ſur le choix des moyens, la facilité de faire les plus grandes choſes avec le ſecours de l'intrigue & du crime.

L V.

Aujourd'hui qu'eſt-ce qu'un mauvais Miniſtre? c'eſt un homme à qui l'on peut objecter qu'il n'a pas ſu n'être pas vertueux.

L V I.

On dit que la philoſophie & le commerce ont rendu la bonne foi utile dans les négociations, & la modération néceſſaire dans le Gouvernement. Quant à la bonne foi des Négociateurs, perſonne n'y croira jamais; & pour la modération, je ne ſais ce que c'eſt qu'une modération qui a tout aſſervi.

L V I I.

L'autorité f[illegible] par-tout des progrès; les maximes [illegible] fiers & ſtupides Ottomans gagnent tous les jours. Quoi de plus ſemblable au cordon de ſoye préſenté par des muets, qu... l... d.. c.. p.. l?

Il eſt vrai que les coups violents d'autorité ſont plus rares; mais il n'en faut pas conclurre que les Princes ſont plus modérés : eh! qu'abattroient-ils? tout eſt abattu.

L V I I I.

Si le joug continue à s'appéſantir, il y aura néceſſairement une révolution générale en Europe. Cette révolution arrivera quand les Peuples accablés d'impôts n'auront que leurs ames, & ne les auront que parce que des ames ne ſe peuvent mettre à l'encan.

L I X.

Je voudrois bien ſavoir de quel droit les petits Princes, un Duc de Gotha, par exemple, vendent aux Grands le ſang de leurs Sujets pour des querelles où ils n'ont rien à voir. On s'eſt donné à eux pour être défendu, & non pour être acheté.

L X.

Modele. Le Ciel accorde à nos vœux un nouveau rejetton d'un arbre fécond en héros. Le Prince, ſûr de nos ſentiments de joye, employe les sommes immenses destinées à les exprimer par des fêtes, à faire des mariages & des heureux. Le bonheur de la Famille Royale fait la prospérité des Sujets: pour un enfant que Dieu lui donne, le Prince en donne dix mille à la Patrie. Heureuse naissance, que celle qui crée un Peuple nouveau! Louis XV a fait de plus grandes choses; il n'en a pas fait de meilleure.

L X I.

Le nombre des habitants de la terre ne peut être doublé qu'en mille ans. La France aura donc l'an 2680. quarante-six millions d'ames en dépit des guerres, des pestes, des famines, & du Célibat, plus redoutable encore que ces trois fléaux.

Il ne tiendroit qu'à elle d'aller plus vîte à ce nombre: elle n'auroit qu'à prévenir les guerres en mettant des bornes à l'ambition, à prévenir les famines en établissant de bonnes loix de police, à détruire par de sages réglements la contagion de cette maladie qui attaque l'homme dans le sein du plaisir, à supprimer la Loi qui attache de la perfection au Célibat.

Il y a dans le Royaume six cents mille Célibataires, très-dignes de ne l'être pas. Voilà trois cents mille mariages. Ces trois cents mille mariages produiroient en vingt-cinq ans près d'un million de Sujets. Donc l'Etat perd tous les vingt-cinq ans environ un million & demi d'habitants.

L X I I.

Nous allons jusqu'au fond de l'Amérique pour convertir les Infideles: nous pourrions travailler plus utilement à la propagation de la foi, en augmentant parmi nous le nombre des hommes & des fideles par la diminution de celui des Célibataires.

L X I I I.

Le Pape abolira un jour le Célibat, de peur que la Religion ne meure à la fin dans un Cloître. L'enfer ne prévaudra point contre l'Eglise; mais le Célibat sera plus puissant que l'Enfer. Dans huit cents ans ces sacrées vérités, que des torrents de sang ont cimentées, & qui ont produit de si grandes vertus, se perdront faute de Croyants, & ne seront plus qu'un sujet de curiosité pour les Savants, à peu près comme eſt aujourd'hui la Religion de Zoroaſtre.

L X I V.

Notre Egliſe tend toujours vers ſa ruine. Chaque moment qu'elle vit, eſt un moment de moins qu'elle a à vivre.

Voyez l'étiſie de l'Eſpagne, de l'Italie, du Portugal, des Cantons Catholiques, & l'embonpoint de l'Angleterre, de la Hollande, des Cantons Proteſtants.

Les Etats Catholiques perdent toutes les années un centieme de leurs habitants, & les Proteſtants gagnent un cinquantieme dans les Pays où le commerce fleurit. Le Catholique a 120 jours de repos par année, le Proteſtant n'en a que 60; de ſorte que le premier eſt oiſif un tiers de l'année, & le ſecond ne l'eſt qu'un ſixieme : le Proteſtant a donc ſur nous l'avantage d'un ſixieme de travail; ſon ſiecle politique eſt donc de 84 ans, tandis que le nôtre n'eſt que de 66.

Je ne ſerois pas ſurpris qu'un Roi bon Catholique, mais Philoſophe, préférât une Couronne Proteſtante. Il eſt vrai que les Hérétiques ſont peut-être plus remuants que nous, que la foi implicite mene à l'obéissance passive : mais il ne l'est pas moins, que l'établissement inébranlable de son autorité pourroit être pris sur le dixieme de la somme des avantages que lui rendroit la foi éclairée.

L X V.

Parmi nous, la politique est presque toujours en contradiction avec la Théologie : le Souverain est à chaque instant arrêté par le Prêtre. Fait-il quelque pas pour détruire les préjugés? On lui parle du Diable; il a peur, il recule.

Si j'étois Roi de France, disoit Bolingbrocke, voyant officier l'Archevêque de Paris, cet homme ne seroit pas là. Et pourquoi? Je ferois, reprit-il, moi-même ses fonctions.

L X V I.

Il ne seroit peut-être pas bon qu'en France la Mitre & la Couronne fussent sur la même tête, parce qu'il est essentiel à la Monarchie que les pouvoirs y soient divisés; mais il seroit très-bon de faire un édit qui défendît des vœux indissolubles avant cet âge où les contrats civils sont permis.

Qu'on laiſſe mourir en murmurant ces infortunés qui habitent ces ſombres cachots où la piété expire, & où naiſſent les remords, les regrets & le déſeſpoir : mais du moins qu'on empêche que de nouveaux s'y précipitent, en comblant peu-à-peu ces gouffres où vont ſe perdre les races futures.

L X V I I.

Le grand homme, l'homme qui veut s'élever, ne connoît point l'économie; il dit comme Retz : " A mon âge, Céſar devoit ſix fois plus que moi.

L X V I I I.

Ce qui fait le grand homme, c'eſt ce coup d'œil, qui du premier jet voit le point de poſſibilité des grandes actions.

L X I X.

On ſait qu'on eſt habile homme : on ſent qu'on eſt grand homme.

L X X.

L'activité eſt eſſentielle à l'homme d'Etat, comme la célérité à l'homme de guerre : il faut qu'avant d'avoir paru, ils ayent battu les eſprits.

LXXI.

L X X I.

Voluptueux en Ionie, auſtere à Lacédémone, gourmet à Sybaris, frugal à Athenes, ſage avec les vieillards, impétueux avec les jeunes gens, raiſonneur avec les Philoſophes, crédule avec les Prêtres, faux avec les Courtiſans, reſpectueux avec Thémiſte, bruſque avec Aſpaſie, voilà l'éleve de Socrate, voilà l'habile & preſque le grand homme.

L X X I I.

Le ſang froid eſt au Politique ce que la verve eſt au Poëte.

L X X I I I.

Il y a un poſte où je voudrois placer, non un homme de génie, mais un homme habile, reconnu pour tel, qui en accréditât les affaires, & qui commençât ainſi ſa premiere dépêche : " Le „ Roi mon maître a changé de Miniſ- „ tre, & ſon Miniſtre a changé de „ maxime.

L X X I V.

Qu'il y ait un ſi petit nombre de grands Rois, je n'en ſuis pas ſurpris : les talents ſont rares dans toutes les conditions : mais avec l'éducation qu'ils reçoivent & les flatteurs qui les environnent, comment y en a-t-il un ſi grand nombre de bons?

L X X V.

Les ſots veulent humilier les gens d'eſprit en leur en préſentant qui en ont encore plus qu'eux. Mais ſi d'un génie ſupérieur à un grand homme il y a bien loin, on peut dire qu'on ne ſauroit meſurer la diſtance qu'il y a entre un homme d'eſprit & un ſot.

L X X V I.

Il y a des jours nébuleux pour l'eſprit comme pour le monde : & l'homme qui a le plus de génie, eſt vingt fois le jour un ſot.

L X X V I I.

Il y a peu d'hommes à qui l'on doive ſavoir gré de leurs vertus : il y en a peu dont on doive haïr les vices. Réflexions bien propres à nous rendre indulgents & modeſtes.

L X X V I I I.

On ne s'éleve que par de grandes vertus ou par de grands crimes, par des talents ſupérieurs ou par une ſtupidité avérée, par une extrême hauteur ou par une extrême baſſeſſe; toujours par les extrêmes.

LXXIX.

Où vous ne voyez point de ces hommes eſtimés, recherchés, chéris, quoiqu'ils ne tiennent à rien, qu'ils ne faſſent point de cabales pour s'avancer, prononcez hardiment qu'il n'y a point de talents dans ce pays-là.

LXXX.

On n'eſtimeroit gueres les grands hommes, ſi l'on ſavoit combien peu ils s'eſtiment eux-mêmes, combien ils ſe trouvent petits, & combien ils le ſont en effet.

LXXXI.

Sully, dont on ne parle plus, étoit bien plus grand homme que Colbert dont on parle tant.

Sully gouvernoit Henri IV; Colbert gouvernoit Louis XIV: mais avec cette différence que Henri IV examinoit les déciſions de Sully, & que Louis XIV croyoit en celles de Colbert; & cette différence eſt cauſe que le nom de Colbert a fait fortune.

Sully mit un ordre admirable dans les finances, en un temps où il pouvoit impunément en augmenter le désordre, pourvut à tous les besoins, amassa quarante millions d'argent comptant. Colbert eut le bonheur de succéder à un homme, peut-être innocent, qu'il fit condamner comme coupable : il ne pouvoit mal faire; le procès de Fouquet étoit un engagement trop fort.

Colbert enrichit le Royaume; Sully fit plus, il racheta.

Colbert avoit les meilleures intentions du monde; mais peu d'étendue de génie, peu de connoissances, point de goût; ses premiers pas furent de faux pas, ses premiers choix furent ridicules, ses premieres entreprises furent des fautes, & ses dernieres des vexations. Sluly avoit des intentions aussi pures, un esprit capable de tout embrasser, de tout entreprendre, de tout finir, une droiture févere & clair-voyante, beaucoup de netteté dans les idées, &, malgré le feu de son ame, beaucoup de flegmes dans ses démarches : il faisoit tout par lui-même; & pour ne pas se tromper dans le choix de ses confidents, il n'en avoit point.

On doit tenir compte à Sully de tout

le mal qu'il ne fit pas ; tant la maltôte Italienne, introduite par Catherine de Médicis, avoit jetté de trouble & de confusion dans cette partie de l'administration ! On peut reprocher à Colbert tout le bien qu'il ne fit pas ; tant il avoit de motifs, de lumieres, de moyens pour en faire.

Colbert n'excelloit que dans les finances. Sully étoit homme de guerre, homme de lettres ; Sully étoit un Romain.

Sully est le plus homme de bien qui se soit mêlé de finances. Colbert est le premier homme d'un esprit médiocre, qui ait réussi dans une science qui demande de grandes vues, & qui conduit à d'infiniments petits détails.

Sully est modele : sa gloire lui appartient, & n'appartient qu'à lui. La gloire de Colbert appartient en partie à Sully.

LXXXII.

Le pensionnaire de Witt est le plus grand homme qu'ait eu la Hollande : c'est son Richelieu.

On a remarqué qu'il avoit beaucoup de soin de sa santé, & très-peu de sa vie. En conservant sa santé, il conservoit la vigueur, il entretenoit le feu d'un esprit utile à son pays : en méprisant la vie, il mettoit de la hardiesse dans ses entreprises & de la fermeté dans l'exécution. Prêt à mourir pour sa Patrie, il savoit vivre pour elle.

Il vécut comme Turenne, & finit comme lui. Les fureurs d'une populace aveugle sont dans une République ce qu'un coup de canon à la tête d'une armée est dans une Monarchie.

LXXXIII.

Pourquoi les Troupes des Provinces-Unies ont-elles si mal servi dans la derniere guerre?

Parce que c'étoit des troupes mercenaires, payées par des marchands, & commandées par des héros subordonnés à des marchands. La victoire s'achete par le sang, jamais par l'argent.

Le Stadhouderat corrigera-t-il ce vice de la constitution? Non ; elle l'employera à préparer la ruine de la constitution même.

Ces Bourgeois, qui aux sieges de Harlem, de Leyde, d'Alcmaer, firent périr la fleur des armées Espagnoles, ne tenteront pas même de défendre leurs foyers, leurs comptoirs, ni leurs autels contre des Suiſſes & des Allemands.

LXXXIV.

La Hollande recouvrera bientôt ſa liberté, ou la perdra bientôt pour toujours.

Aujourd'hui la liberté y eſt à l'eſclavage ce que 1 eſt à 100.

Le Stadhouder eſt maître des Troupes, maître des Etats-Généraux, maître des Elections dans le Conſeil de chaque Province & des principales Villes. Tous les Nobles rampent, à l'exception d'un ſeul. Les marchands commencent à connoître la crainte. Les Univerſités ſont ſous ſa protection, les compagnies maritimes dans ſa dépendance, le Clergé toujours au ſervice du plus fort, la populace toujours du côté du plus libéral. Déja la preſſe, ce moyen ſi propre à faire rentrer un Peuple en lui-même, a perdu de ſa liberté; déja le meilleur Citoyen eſt à vendre; déja la flatterie cherche à ſe dérober à la diſgrace ou à obtenir la faveur : en un mot, tous les ordres de l'Etat ſont las d'être libres.

Eh bien! puiſqu'ils le veulent, il auront un Deſpote.

Un Monarque seroit plus sûr, mais ne croiroit pas l'être assez.

L X X X V.

La Hollande a encore une ressource contre la conquête de la France ou le despotisme du Stadhouderat.

Elle n'a qu'à se faire recevoir membre de l'Empire.

Elle ne perdra rien en liberté, & elle acquerra en sûreté.

Loin que sa constitution soit altérée en entrant dans un corps qui a, pour ainsi dire, le même tempérament & le même régime, elle ira se perdre avec lui dans l'éternité des grandes Républiques fédératives.

L X X X V I.

La guerre est un mal nécessaire : on le dit, & à force de le dire, on se le persuade. J'aimerois autant qu'on me soutînt que les procès de Province à Province sont nécessaires. Ne seroit-il pas plus naturel & plus utile, que le congrès précédât la déclaration de guerre? Il en faut toujours venir aux négociations. Ne vaudroit-il pas mieux commencer par elles, que commencer par se battre, & finir par se rendre tout, &

ſe raccommoder comme des enfants qui s'embraſſent après s'être querellés ?

L X X X V I I.

Par-tout des grades établis pour l'Epée ; nulle part pour le Miniſtere. Eſt-il donc plus aiſé d'être homme d'Etat qu'homme de guerre ?

L'état de Négociateur eſt avili, embraſſé au hazard, recherché de ceux qui ne tiennent point à la Patrie, mépriſé de ceux qui ont de la naiſſance & des talents, devenu l'état des hommes curieux.

Auſſi l'Art en a-t-il ſouffert ; & nous ne voyons plus d'hommes d'Etat qui ſachent réparer les fautes du Général, & de préliminaires ignominieux faire naître un traité honorable.

Les Princes ne ſoutiendront jamais cette réputation, que Richelieu jugeoit équivalente à la puiſſance, & qui du moins eſt un des grands inſtruments de la domination, s'ils ne ſont plus délicats ſur le choix de leurs repréſentants, s'ils continuent à confier les grandes affaires à des hommes qui y portent toute la petiteſſe de leur ame & toute la baſſeſſe de leur éducation.

Les Négociateurs n'exécutent pas

ſimplement; ils projettent, ils conſeillent, ils forment par leurs avis la volonté du Conſeil. Mais comment le Conſeil aura-t-il des avis ſûrs, ſi le Négociateur n'a ni cette conſidération qui met à portée des grands ſecrets, ni cette ſagacité qui les achete, ni cette juſteſſe d'eſprit qui ſait s'écarter à propos de la lettre des inſtructions?

LXXXVIII.

Eſt-il vrai que tout Miniſtre qui a l'effronterie d'être corrupteur, eſt capable d'être corrompu?

C'eſt le ſentiment de Pequet : ce ne ſera celui d'aucun homme d'Etat. Corrompre eſt exercer un empire, & celui qui eſt capable de commander ne l'eſt pas toujours d'obéir.

La lâcheté, la foibleſſe, l'imbécillité même caractériſent le Miniſtre corrompu : le courage, l'habileté, la connoiſſance du cœur humain peuvent rendre un Miniſtre corrupteur.

Je ſuis perſuadé que ſi l'Angleterre avoit offert à Mr. Pequet cent mille guinées, il n'auroit pas été tenté de donner le chiffre. Mais s'il eût pu acheter le chiffre de l'Angleterre, auroit-il héſité un moment?

L'argent eſt entre les mains d'un Miniſtre habile le fonds le plus ſûr de la perſuaſion.

Un Négociateur qui ſe conduiroit invariablement ſuivant les principes de la ſaine morale, réuſſiroit peut-être à cauſe de la nouveauté & par la force du vrai. Mais ſi cette méthode gagnoit, le vrai deviendroit ſi commun, qu'il ne frapperoit plus, & qu'il ſeroit à chaque inſtant la dupe du faux.

Il y a un vrai dans les négociations; & ce vrai y eſt néceſſairement, en vertu de la convention tacite qu'ont paſſé tous les Miniſteres d'être toujours reſpectivement faux.

LXXXIX.

Il eſt eſſentiel de conſerver les hauteurs, même quand on a perdu la puiſſance.

La France s'eſt aujourd'hui relâchée ſur le droit de préſéance. C'eſt, dit-on, parce qu'on eſt aujourd'hui plus raiſonnable; ce pourroit bien être parce qu'on eſt plus foible........

L'égalité des Couronnes eſt inſoutenable : il y a des rangs entre les particuliers; n'y en auroit-il pas entre les Princes? Le pouvoir, les richeſſes, le crédit, l'ancienneté, l'indépendance, la nobleſſe, voilà les titres de ſupériorité de la maiſon de Bourbon.

Qui lui conteſteroit la prééminence? Le Roi d'Angleterre qui a été ſi longtemps ſon vaſſal & le tributaire du Pape, & qui n'eſt que le Chef d'un Peuple libre? Le Roi d'Eſpagne? Il a ſolemnellement abandonné le droit de concourir. Le Roi de Portugal? Il étoit anciennement feudataire de Caſtille, & depuis, Province d'Eſpagne. Le Roi de Naples? Il eſt vaſſal du ſaint Siege. Le Roi de Pologne? il n'eſt pas même le Magiſtrat d'un Pays qui n'étoit qu'un Duché, à qui un Pape donna le titre de Royaume. Le Roi de Suede? Il n'étoit encore que qualifié d'Alteſſe quand la plupart des Rois l'étoient de Majeſté, & depuis cent ans il eſt penſionnaire allié de la France. Le Roi de Dannemarck? Il tient originairement ſa Couronne & ſon épée de l'Empereur Frédéric premier, qui de Duché l'érigea en Royaume à charge d'hommage; & il n'y a que vingt-cinq ans que la France l'a reconnu Roi. Les Rois de Pruſſe & de Sardaigne? Ils ne le ſont que depuis deux jours; & le premier ne tient ſon ſceptre que de l'abus que l'Empereur a fait de ſa puiſſance, & de la . d. . . . . a. . . . . . Princes. Le Czar de Moſcovie? Il n'étoit, il y a quarante ans, conſidéré en Europe que comme un Prince Aſiatique ou Africain. Le titre d'Empereur ne fonde pas un droit: car, outre qu'il eſt accordé, ce n'eſt point à ce titre que l'Empereur d'Allemagne doit la priorité; il ne l'a qu'en qualité de Chef de l'Empire, qui eſt le plus puiſſant corps d'Europe.

X C.

Lequel eſt préférable dans un Conſeil, de l'homme hardi ou de l'homme timide?

X C I.

Les arts périſſent tous les jours par une aveugle paſſion. Les Anglois avoient d'habiles maîtres de muſique: ils les découragerent par le penchant qu'ils témoignerent pour la muſique Italienne. Purcell étoit ſous la Reine Anne leur Rameau; ſes compoſitions tenoient des graces & de la force de la muſique Françoiſe, & du feu, du brillant de l'Italienne, de la gravité de l'une, de la légéreté de l'autre: ſa maniere s'eſt perdue, & ce genre mitoyen qui auroit pu être perfectionné & former le genre Anglois, a été étouffé dans sa naissance par le genre Italien, plus parfait alors, mais moins fait pour des oreilles Angloises. Les arts ne sont protégés nulle part; ils se doivent à eux-mêmes leurs accroissements & leur gloire. Ils ne sont portés jusqu'à un certain degré de perfection, qu'à Paris, à Londres & à Rome, parce qu'il n'y a que ces trois Villes au monde où l'esprit donne à vivre.

X C I I.

Aux yeux du Courtisan, il y a la même différence entre la faveur & la disgrace, qu'aux yeux du Philosophe entre l'être & le néant.

X C I I I.

Il est rare que le mérite brille à la Cour, parce que d'un côté rien n'y brille sans protection, & que de l'autre le mérite ne brigue pas l'honneur d'être protégé. Vous ne verrez point un homme à talents dans une anti-chambre. Les talents, en élevant l'ame, la roidissent.

X C I V.

La Religion Chrétienne adoucit les

mœurs : mais n'a-t-elle pas énervé les courages? C'eſt le Clergé qui a toujours confondu l'obéiſſance avec la ſervitude, & c'eſt la Religion qui a fait équivoquer le Clergé. C'eſt depuis Jeſus-Chriſt que l'Univers a été étonné de ſe voir eſclave.

X C V.

Le Paganiſme, en accoutumant les hommes à la férocité par des ſacrifices ſanglants, déifiant les grands Capitaines les Citoyens courageux, les ſages Légiſlateurs, leur inſpiroit de l'amour pour la liberté. Le Chriſtianiſme, en ne leur offrant que des ſacrifices ſans ſpectacle, en mettant de la douceur dans leur caractere, en canoniſant des gens humbles & détachés des choſes de ce monde, leur fait prendre le goût de l'obéiſſance. Le Chriſtianiſme nous parle trop du Ciel, pour que nous prenions bien à cœur les choſes de la terre, ſans compter que la ſoumiſſion qu'elle exige eſt ſemblable à la ſoumiſſion qu'exige le Monarque, comme elle, ennemie du raiſonnement.

X C V I.

Dans les Etats de 1615, dans un temps

où tout concouroit à étendre, à affermir l'autorité, où fumoit encore le sang de deux Rois égorgés par de pieux scélérats, le tiers Etat propose obstinément une loi qui défende d'assassiner, d'empoisonner, ou de déposer le Roi. Le Clergé & la Noblesse, à la sollicitation du Conseil, s'opposent à cette loi, comme hérétique & pernicieuse. Voilà ce que je ne puis concevoir. Le zele du tiers Etat étoit louable; mais son opiniâtreté étoit ridicule. Le Roi vouloit conserver les fanatiques dans la possession de le poignarder, & le Pape dans le droit de le déposer. A lui permis, me semble.

XCVII.

Les Rois ont précédé les Législateurs: Thésée regna dans l'Attique, avant que Solon lui donnât des loix. Sparte avoit été foulée par des Tyrans, avant que Lycurgue lui donnât les siennes. L'abus de la raison est antérieur à l'usage de la raison, & ce n'est qu'après avoir été malheureux par imprudence, que les hommes devinrent sages par besoin.

XCVIII.

Il est bien étonnant que les hommes ne

ne ſe ſoient pas plutôt aviſés d'établir des Républiques ou de limiter les Monarchies, que l'eſprit de liberté ait plié ſi long-temps devant l'eſprit de domination, & qu'ils ayent reconnu ſi tard que la dépendance d'un ſeul fait néceſſairement le malheur de tous!

Il n'eſt pas moins étonnant que les Peuples étant d'un côté ſi patients, & de l'autre les Rois ſi ambitieux, le deſpotiſme, tout inſenſé, tout affreux qu'il eſt, n'ait pas fait plus de progrès & de crime.

X C I X.

Ce ne furent pas les Loix politiques de Solon qui lui valurent le nom de Sage : elles dûrent être mauvaiſes, puiſqu'il ſurvécut à ſon plan de légiſlation & de liberté.

Quelle différence de Solon à Lycurgue! La même qu'il y a entre un homme d'eſprit & un homme de génie.

Solon, aidé de tous les Arts, de toutes les Loix de l'Egypte, de la docilité des Athéniens, eut bien de la peine à conſtruire une ſeule Ville : & Kam-Ku, traverſé par toutes les circonſtances, donna des Loix immuables à cinquante millions d'hommes.

C.

Le Gouvernement Monarchique est aussi ancien que le monde ; & l'empire paternel est le premier des empires. Toutes les autres formes de Gouvernement sont des débris de la Royauté, débris que le besoin a rassemblés, que le bon sens a réunis, que l'industrie a cimentés.

C I.

Il n'est pas surprenant que les Princes ne songent point à dresser des plans d'éducation ; ils sont si mal élevés qu'ils ne sont toute leur vie que des enfants gâtés.

L'éducation qu'on leur donne est si peu celle qu'on devroit leur donner, que ceux qui sont le plus mal élevés, suivant les idées reçues, sont ordinairement les plus grands. Il vaut mieux ne recevoir aucune éducation, qu'en recevoir une mauvaise. Henri IV ; le Roi de Prusse ; Pierre I.

Les défauts de Louis XIV étoient les défauts de son éducation. Il étoit opiniâtre, parce qu'il n'avoit jamais été contredit ; absolu, parce que ses Courtisans lui disoient sans cesse qu'il étoit le Maître, & que la Reine-Mere qui auroit voulu le reſpecter autant qu'elle l'aimoit, avoit décidé une fois pour toutes, que dans tous les différends qui ſurviendroient entre le Duc d'Anjou & lui, le Duc d'Anjou auroit toujours tort; vain, parce qu'on s'étoit plus attaché à frapper ſes yeux qu'à éclairer ſon eſprit.

C I I.

Ce qui fait qu'il n'y a point de projet, ſi étendu que vous le ſuppoſiez, dont l'exécution ſoit impraticable, c'eſt qu'il eſt preſque impoſſible que deux grands hommes de force égale ſe rencontrent en oppoſition.

C I I I.

Je ſuis François, je ſuis humain, je ſuis ébloui par la grandeur, je reſpecte l'infortune; je le dirai pourtant. Charles premier....

Le crime des mauvais Rois eſt de garder une place qu'ils ne ſont pas en état de remplir : c'étoit le crime de Charles. Le chef d'un Peuple eſclave peut être incapable impunément; il ne doit être conduit que par la crainte; il faut qu'il la partage avec ſes Sujets;

c'eſt elle proprement qui eſt le deſpote d'une troupe d'animaux carnaciers, dont le plus fort eſt à la tête. Mais le chef d'un Peuple libre doit être capable, & être conduit par la raiſon.

La mort de Charles premier & l'expulſion de Jacques ſecond ont fait plus de bien à l'Angleterre, que n'en auroit fait le regne le plus glorieux de ces deux Princes. Ces deux exemples font trembler les Rois, & leur apprennent qu'il y a différentes manieres de les punir.

J'aime mieux voir un Roi ſacrifié par ſon Peuple, qu'un Peuple ſacrifié par ſon Roi ; & je ſuis moins attendri de la mort de Charles, que de celle de Barnevelt, de l'aſſaſſinat du Maréchal d'Ancre, & du maſſacre de cent mille Irlandois.

Le Roi d'un Peuple libre doit reſpecter ſon Peuple ; ce qu'il ne peut faire s'il ne le craint.

Pourquoi aurions-nous de l'horreur du régicide de Charles? Charles ſeroit mort aujourd'hui ; ainſi il eſt fort indifférent aujourd'hui qu'il ait été décapité ou qu'il ſoit mort dans ſon lit : mais cette exécution n'eſt pas indifférente à l'Angleterre ; ſans elle, la patrie de la liberté ſeroit aujourd'hui la patrie de l'eſclavage.

Et il eſt utile qu'il y ait un Peuple libre, quand ce ne ſeroit que pour apprendre aux autres qu'ils peuvent l'être.

Il eût fallu inſpirer aux Rois de la vertu pour les empêcher d'être oppreſſeurs : le crime de Cromwel leur inſpira la crainte, c'eſt le plus court.

Il eſt bon que la mort de Charles ſoit à la fois un ſujet d'horreur pour tous les Peuples, & un ſujet d'effroi pour tous les Princes.

Cromwel fit préciſément ce qu'on craignoit que Charles ne fît, & ce que Condé n'oſa faire.

L'on ne trouvera point parmi les modernes un homme qui ſoit comparable à Cromwel : Richelieu ne le ſurpaſſoit qu'en ſcélérateſſe. Il faut chercher parmi les anciens. Agathocle, de Potier, ſe fit Roi, ſuſcita de grandes affaires à Carthage, mourut paiſible poſſeſſeur de ſon Royaume parmi un Peuple qu'il avoit rendu heureux, mais à qui il n'avoit point ôté les ſentiments d'indépendance. Cela reſſemble aſſez à Cromwel, & aux Anglois.

Cromwel ſe trouva dans ce cas où

le ſalut du Peuple eſt la ſuprême loi ; cas qui ne peut exiſter que dans ces moments extraordinaires où la ſociété elle-même diſpenſe ſes membres d'obéir à ſes loix.

Il eût été à ſouhaiter qu'un Parlement légitime eût jugé Charles ; mais dans l'impoſſibilité de l'aſſembler, Cromwel jugea qu'il n'étoit pas plus dangereux de paſſer par-deſſus trente formalités, que d'en omettre une ſeule. Il érigea donc une commiſſion contre ſon Roi, comme Henri VIII en avoit érigé contre ſes Sujets. Cette commiſſion nous revolte : celles de Henri VIII revoltoient bien plus les Anglois.

Les Citoyens Romains étoient au-deſſus des Rois ; les Rois d'aujourd'hui ſont encore bien au-deſſous d'eux. Comparez Charles avec Scipion : l'un accuſé par ſes Sujets devant un Tribunal incompétent, répond, & ſe juſtifie ; l'autre accuſé devant ſes Juges naturels d'avoir diverti les deniers de l'Etat, déchire le regiſtre qui faiſoit foi de ſon innocence, & croiroit ſe deſhonorer par une apologie.

Cromwel & Richelieu ſe reſſemblent, en ce que l'un ôta aux Rois d'Angleterre le pouvoir de faire des crimes, & que l'autre ne laiſſe pas aux Rois de France des crimes à punir.

Les forfaits de Cromwel ſont ſi

. . . .

que l'enfant bien né . . . . ſans joindre les mains d'admiration.

Son acte de la navigation amena l'Angleterre au point de rentrer comme d'elle-même dans une conſtitution encore meilleure que celle qu'il avoit détruite ; & c'eſt peut-être la ſeule choſe qu'il n'ait pas prévue : il vit bien qu'il rendoit les Anglois plus riches, il ne vit pas qu'il les rendoit plus libres.

Il laiſſa le Protectorat à ſon fils comme ſon héritage, mais il ne lui laiſſa pas ſes vertus ; & c'eſt peut-être la ſeule faute qu'il ait commiſe. Comment ne prévit-il pas que Richard ne conſommeroit aucun de ſes projets, parce qu'il n'avoit aucune de ſes qualités ; qu'un homme aimable rempliroit mal la place d'un grand homme, & que la République retourneroit avec précipitation à ſes maîtres, parce que ſon fils ne ſauroit pas répandre du ſang ?

Qu'il ait vu la mort approcher ſans crainte, ſans trouble, ſans remords, je n'en ſuis point ſurpris ; mais que prévoyant la destruction prochaine de son ouvrage, il ait su mourir sans regrets, c'est une insensibilité qui prouve combien il étoit supérieur à sa grandeur, & combien il étoit digne de vivre.

C I V.

L'unité de foi est une chimere, même pour un Peuple stupide : & chacun a sa petite religion dans les Pays même où il n'y en a qu'une.

C V.

Si quelqu'un venoit nous prêcher une hérésie sensée, nous le suivrions moins qu'un autre qui nous prêcheroit une hérésie extravagante.

C V I.

Parmi les Chefs de secte, vingt fanatiques pour un imposteur. Mahomet lui-même étoit persuadé : il prit pour des visions des songes fiévreux dont il ignoroit la cause.

Un imposteur à vingt-cinq ans peut fort bien être un fanatique à quarante.

C V I I.

Toute passion cede à celle d'être chef de secte : Riperda, réfugié à Maroc, ne ſonge point à pleurer ſes malheurs, mais à créer une Religion. C'étoit une des paſſions du Maréchal de Saxe; en Europe libertin & conquérant, en Amérique il eût été Légiſlateur & dévot.

C V I I I.

La vraie Religion force les cœurs par l'attrait de la douceur & de la vertu. La vérité, pour ſe ſoutenir, n'a beſoin que de n'être pas opprimée, & n'a jamais beſoin d'opprimer pour s'étendre. Ceux qui ont conſeillé de perſécuter les Huguenots, ont fait un grand mal à la France, & un plus grand mal encore à l'Egliſe. Ils haïſſent notre Religion: il falloit la leur faire aimer. Les vérités Catholiques ſont bien plus belles, quand elles ſont environnées d'honneurs & de dignités.

C I X.

Il y a des gens qui croyent qu'il eſt plus difficile de croire en Dieu qu'en Jeſus-Chriſt, qui vous admettent volontiers les douze Apôtres, & qui vous nient abſolument le Créateur.

Quand toutes ces idées ſeront répandues, que deviendrons-nous? Car enfin il nous faut une Religion.

C X.

Je dirois volontiers à quelqu'un de ces Huguenots, qui violent les édits les plus justes & les plus séveres pour aller prier Dieu dans des déserts : " Qu'a-
„ vez-vous besoin du culte public?
„ Vous allez à ces assemblées défen-
„ dues pour édifier : mais vous êtes
„ un trop petit mortel pour rendre la
„ Religion respectable. Vous enten-
„ drez un sermon de controverse, qui
„ vous ennuyera si vous êtes délicat, ou
„ un sermon de morale vous scandali-
„ sera si vous êtes Philosophe. Vous
„ prierez Dieu, que vous pouvez prier
„ beaucoup plus tranquillement chez
„ vous. Vous chanterez des hymnes qui
„ ne sont pas faits pour ce siecle, vous
„ participerez à des cérémonies qui ne
„ vous rendront pas plus vertueux &
„ qui ne vous prouveront pas que vous
„ le soyez. Restez donc chez vous.

Il n'y a point de plus criante tyrannie, que celle d'un Clergé qui peut ériger en regle de foi ce qui n'est point regle de foi.

C X I.

Phénomene. D'un côté des Eccleſiaſtiques qui refuſent les Sacrements aux malades ſoupçonnés de Janſéniſme: de l'autre les mêmes Eccléſiaſtiques qui preſſent tous les jours l'exécution d'une déclaration qu'ils ont obtenue, & qui condamne à être traînés ſur la claye & jettés à la voierie les malades Huguenots qui refuſeront les Sacrements.

C X I I.

Les penſions que le Roi donne à ſes Négociateurs & à ſes Soldats ſur les bénéfices, ne ſauroient trop ſe multiplier. Il eſt juſte que ceux qui ont ſervi de leur plume ou de leur épée l'Egliſe enſeignée, en ſoient récompenſés par l'Egliſe enſeignante. Il eſt juſte que le Clergé faſſe part de ſes biens à celui qui défend ſes biens contre l'ennemi. Il eſt juſte de le ramener aux vues des fondateurs, & d'établir inſenſiblement le droit que les gens utiles à l'Etat ont à ces biens en qualité de premiers pauvres.

C X I I I.

Les Grands ſont comme les Hottentots: nous les trouvons admirables, quand nous leur trouvons le ſens commun.

C X I V.

Les louanges d'un ſot ne devroient pas me flatter, & cependant me flattent preſqu'autant que celles d'un homme d'eſprit : un ſot, dans le moment qu'il me loue, devient homme d'eſprit; l'homme d'eſprit qui me loue, n'eſt qu'un juge équitable.

C X V.

La louange la plus fauſſe plaît toujours un peu, même au cœur le plus droit, ſemblable à l'opera, qui, en dépit de la vraiſemblance, plaît toujours même à l'eſprit le plus juſte.

C X V I.

Montaigne ſe ſouhaitoit une ame à double, à triple étage. Il l'avoit.

C X V I I.

En général, on exige trop de talents pour les petits emplois, & on en exige trop peu pour les grands.

C X V I I I.

Les Rois gouvernent les Peuples, les Miniſtres gouvernent les Rois, les femmes gouvernent les Miniſtres, les paſſions gouvernent les femmes : voilà le cercle politique. Je ſuis, diſoit Agathon, le premier des Grecs : je gouverne Aſpaſie, Aſpaſie gouverne Pericles, Pericles Athenes, Athenes la Grece.

C X I X.

Il y a un Prince qui force à s'expatrier des Sujets qui ont trouvé le ſecret de faire de l'or, tandis qu'un autre Prince ne permet pas la ſortie de Sujets qui ne ſavent faire que du cuivre.

C X X.

En bien des pays les Grands ſont plus petits que ne l'eſt le Peuple de quelques Pays, même à conſidérer les choſes avec les yeux du préjugé.

C X X I.

Quand un Grand fait des baſſeſſes, il compte bien de s'en dédommager par des hauteurs.

C X X I I.

Où ai-je lu qu'Henri IV fit un Edit par lequel il défendit de compter par écus, & ordonna de compter déſormais par livres ? Cet Edit étoit propre à régler la dépenſe des Particuliers, & à modérer le luxe : l'esprit étoit la dupe du nombre. Henri IV nous prenoit par où il nous faut prendre, par l'imagination.

CXXIII.

Ce qui acheva de . . . . . en France, c'est l'empressement avec lequel nous nous vîmes imités par tous les autres Peuples dans les innovations des formules, dans les idées du point d'honneur, dans l'administration de la justice, dans l'étiquette de la Cour, dans la forme nouvelle du Gouvernement, dans l'institution de ces titres & de ces dignités, que . . . . Comment croire qu'un Peuple que tous les autres copioient . . . . ? Nous acquîmes l'Empire des modes, & . . . .

CXXIV.

Frappez les oreilles de l'Anglois du son spécieux de liberté, celles du Hollandois de commerce, celles de l'Espagnol de religion, celles du François de gloire : le charme de ce son leur fera sacrifier la substance même au simple nom. L'Anglois se jettera dans l'esclavage pour ſauver la liberté, le Hollandois abandonnera ſon induſtrie pour conſerver ſes richeſſes, l'Eſpagnol donnera dans la plus horrible des impiétés qui eſt d'exterminer les hommes pour l'amour de Dieu; le François commettra les actions les plus baſſes pour acquérir de l'honneur.

C X X V.

Eſt-il avantageux d'aggrandir la Capitale? Oui, ſi la Capitale eſt Ville maritime. Londres ne peut devenir trop grand: Paris l'eſt déja trop.

Il n'y aura jamais que des vues ſuperficielles qui conſeilleront l'aggrandiſſement de Berlin: la bonne Politique aggrandira Stettin & Köenisberg.

C X X V I.

Les Pays les plus propres à l'induſtrie ne ſont pas toujours ceux que l'induſtrie choiſit.

Helvoetſluis & Vliſſingue ſont les deux ſeuls bons havres des Provinces-Unies, & juſtement les ſeuls où il n'y ait point de commerce.

C X X V I I.

Il eſt de l'intérêt du Prince d'entretenir le luxe, la frivolité, le petit esprit. Un homme occupé de son toupet, d'une broderie, ou d'un pantin, n'ira pas réformer l'État, ni crier contre les impôts, ni rechercher la conduite des Ministres.

CXXVIII.

Le principe de la Monarchie est attaqué, quand ce qu'on accordoit comme une condition est accordé comme une grace. Plus on intéresse la reconnoissance du Sujet, plus on altere la liberté du Citoyen.

CXXIX.

On peut juger de la puissance d'un Etat par le nombre d'hommes qu'il peut mettre sur pied, & de l'affoiblissement de cet Etat par le nombre d'hommes qu'il met sur pied.

CXXX.

Il y a aujourd'hui en Europe un Prince qui tire toute sa force du Gouvernement militaire. Ce Prince marche

. . . . ns. Le Gouvernement militaire est tout nerf:

mais s'il en a la force, il en a aussi toute l'aridité.

Ce Gouvernement commence par élever un empire, & finit par l'anéantir; semblable à ces remedes qui redonnent d'abord de la force au malade, & qui finissent par lui ôter la vie.

C X X X I.

Une armée peut passer pour invincible, quoiqu'elle ait un principe de défaite. Des soldats, qu'une barbare discipline dépouille de tout sentiment d'honneur, à qui l'on fait haïr une existence qu'on les force à conserver, dont le désespoir est si redouté que leurs crimes sont impunis; des soldats qu'on n'ose rassembler sous le même toit, de crainte que les cabales & la misere n'en fassent des Janissaires ou des Spahis, qui n'ont ni espérance de liberté, ni espérance d'élévation; que l'inhumanité des châtiments fait, ou mourir d'étisie, ou languir par des descentes; des soldats dont une grande partie est mercénaire, ne sauroient former un bon fonds d'armée, tous leurs Officiers fussent-ils des Césars.

C X X X I I.

Les Peuples en se civilisant atteignent

bientôt le point des Peuples civilisés, parce qu'ils sont conduits par des Législateurs éclairés, au lieu que les autres sont menés par des hommes de routine.

CXXXIII.

La prédiction de l'Abbé de saint Pierre commence à s'accomplir ; la raison universelle se perfectionne : la Sultane favorite a été prendre le sorbet chez l'Ambassadrice de France, s'est promené dans son jardin, & a levé son voile.

CXXXIV.

Rois, Empereurs, n'appellez pas dans les beaux climats de l'Europe un Peuple que la nature a placé sous un ciel rigoureux. Il vaut mieux être battu par tel Prince, qu'être délivré par tel autre.

Appellés du fond de la Scythie pour donner du secours à l'Empire des Grecs contre celui des Sarrasins, les Turcs se rendirent maîtres de tous les deux.

CXXXV.

Les Princes Allemands ne peuvent conserver leur indépendance qu'en .. . . de leurs Sujets.

CXXXVI.

Quelques Princes ſouhaiteroient une capitulation perpétuelle. Rien ne ſeroit plus funeſte à l'Empire. Les circonſtances changeroient, les intérêts qui uniſſent les parties de l'Etat changeroient auſſi, & les liens ne changeroient pas. Rien n'eſt plus pernicieux à un Etat que des loix faites avant qu'il ait pris la forme qui lui eſt propre, parce que bientôt elles n'ont plus aucun rapport avec la maniere dont il ſe gouverne. Il ne faut point ramener notre conſtitution aux loix anciennes; il faut ramener les loix à notre conſtitution préſente. La . . . .

1752.

CXXXVII.

En Allemagne la ſubordination n'eſt peut-être pas aſſez marquée. Vienne peut trop étendre le pouvoir, Berlin peut trop le reſtraindre. La Diete en qui réſide la ſouveraineté, n'eſt pas aſſez forte pour ſe faire obéir.

CXXXVIII.

Le College Electoral eſt le maître.

Il élit l'Empereur, il dresse la capitulation. A la faveur de la léthargie des Etats, il est . . . . Que reste-t-il . . . ?

CXXXIX.

Le College Electoral a dans la Diete le tiers des voix par rapport aux Princes, un peu moins que le tiers par rapport au banc des Prélats, des Comtes & des Barons, & un peu plus que le tiers par rapport aux villes libres.

CXL.

Un Prince n'a qu'un 500e. de degré de souveraineté, & 499 degrés de . . . Que deviennent leurs idées de grandeur, leur orgueil, leurs prétentions? S'ils sont souverains à l'égard d'un petit nombre de vassaux, ils sont . . . . à l'égard de la totalité de l'Empire.

CXLI.

L'Empire est une Aristocratie mêlée d'un peu de Monarchie, & d'un infiniment peu de Démocratie.

CXLII.

Le Roi en Angleterre est partie esſentielle de la conſtitution : l'Empereur . . . . au lieu que le Roi d'Angleterre ne peut l'être que la conſtitution ne ſoit détruite, ou du moins ſuſpendue. Le Roi d'Angleterre a part à la législation par ſa faculté de non conſentir : l'Empereur . . . . . promulgateur de la loi, le Préſident de la Diete, le Miniſtre, le repréſentant de l'Empire, quand . . . . le conſentement de l'Empereur . . . . le. Le Roi d'Angleterre entre du moins pour un ſixieme dans le pouvoir légiſlatif, ſoit pour la prérogative de la couronne, ſoit par une corruption facile ou néceſſaire, ſoit par ſon droit de Monarque : l'Empereur n' . . . . dans la légiſlation de . . . .

CXLIII.

Le pouvoir de lever des deniers ap-

partient entiérement aux Etats. Quoique les traités se fassent au nom de l'Empereur, cependant le droit de faire la paix & la guerre réside dans la Diete. La puissance de juger est en partie dans le Conseil Aulique . . . . &
. . . . dans la Chambre Impériale qui est le vrai Tribunal de l'Empire, dont elle tient sa jurisdiction, jurisdiction qu'elle semble aujourd'hui . . .
. . . . par la négligence des
. . . .
. . . .
. . . .
. . . .
. . . . concurrence qui produit un. . . . .

Le droit de convoquer les Dietes appartient . . . .
à l'Empereur : l'Empereur propose,
. . . . , clut point, la Chancellerie de Mayence forme le décret.

Il est vrai que les Princes prêtent foi & hommage à l'Empereur ; . . .
. . . .

L'Empereur ne peut pas déclarer rebelles les Etats, ... les . .
. . . .
. . L'Empereur ne peut toucher aux loix particulieres : les Etats peuvent caf-

ſer les loix fondamentales, & . . .

. . . .

. . . .

. . . .

. . . .

. . répondre de toutes les demandes formées contre lui. Il n'y a un Monarque . . . . dité de l'administration.

C X L I V.

Les flatteurs de la Maiſon d'Autriche ſont allés chercher au Capitole l'idée de l'Empereur d'Allemagne. Il ne falloit pas aller ſi loin. Le Trône Impérial étant venu à vaquer par la foibleſſe de la poſtérité de Charlemagne, les Etats de l'Empire ſoumis à cette Maiſon rentrerent dans leurs droits d'indépendance; ils changerent la conſtitution, ils y ajouterent la liberté, ils ſupprimerent l'hérédité de l'Empire, ils le rendirent éleċtif, & reſtreignirent le pouvoir du chef, comme ils le jugerent à propos, comme des maîtres qui donnoient des loix à un ſujet. Voilà tout le myſtere . . . .

. . . .

. . . .

. . . .

. . . .
. . . .
. . . .
. . . . . .

CXLV.

Les Républiques fédératives ne peuvent périr que par des ennemis domestiques. . . . .
. . . .
. . . .
. . . . la nouvelle . . .
. . . . vira l'Allemagne, si le . . . . elle a pour la Saxe, qui veut conserver la Pologne, Hannovre qui veut recouvrer ses anciens domaines, Cologne, Treves, Mayence qui lui sont unies par la réconnoissance, l'habitude & l'espérance, les villes Impériales qui ne demandent que la paix & la tranquillité, & ce monde de petits . . . .

Avouons pourtant que la constitution d'Allemagne, ...
. . . . a en soi la capacité de devenir encore meilleure. Le Peuple . . . . . . mais la Monarchie & l'Aristocratie étant toujours en guerre, le Peuple profitera des divisions de l'une & de l'autre.

CXLVI.

CXLVI.

... C'eſt Théodoric, Roi des Goths & Préfet de l'Empire en Italie. Il eût bien voulu être Empereur, & ſuccéder à Anaſtaſe, ou le détrôner : mais il falloit ſe faire Catholique. Il ſe feroit bien fait Catholique; mais ſes Sujets étoient zélés Ariens.

CXLVII.

.... Guerrier, politique, ſavant, il ſe levoit à cinq heures du matin, étoit ſimple dans ſes habits, ardent dans ſes projets. Il avoit à ſes gages de beaux eſprits; il corrigeoit les loix : il renouvelloit, diſoit-on, le ſiecle de Trajan. Il n'avoit rien oublié pour être regardé comme le protecteur & le vengeur de la liberté de l'Empire. En qualité de Vicaire de l'Empereur, il devoit prêter ſerment au Sénat Romain : il le prêta; mais tout le monde en fut étonné, & un Courtiſan s'écria : *Jurat nobis per quem juramus.*

CXLVIII.

L'Electeur de Brandebourg, autrefois *ordonné*, eſt aujourd'hui *requis*. . . . .

C X L I X.

Il faudroit à la plupart des Etats un bon banquier pour Roi.

C L.

Les plus petits Etats, disoit Christine, ont dequoi occuper la capacité du plus grand des hommes. Elle auroit pu ajouter qu'il est plus difficile de bien gouverner un petit Empire qu'un grand.

C L I.

Le courage d'un Sécrétaire d'Etat au département des Affaires Etrangeres consiste à les traiter avec modération.

C L I I.

Le feu Roi de Prusse . . . . disciplina cette grande armée, à qui il étoit si aisé d'envahir la Saxe & de conquérir la Silesie. C'est lui qui mit dans les finances cet ordre admirable; c'est lui qui donna au cabinet cette activité, qui en fait une merveille; c'est lui, qui, en réduisant à rien les Etats, diminua la dépendance des Electeurs à l'égard de l'Empire, & augmenta leur puissance sur leurs Sujets; c'est lui qui a obligé ses successeurs à gouverner par eux-mêmes, en rappellant à lui toutes les affaires, en ne renvoyant que les petites aux conseils, en entrant dans tous les détails des grandes, en écartant toutes les intrigues de la Cour.

C L I I I.

A la paix de Dresde, le Roi de Prusse garantit la religion établie en Saxe. C'est un Souverain qui stipule pour l'humanité, qui donne la loi à son ennemi, & qui la lui donne dans son propre Pays.

C L I V.

„ Ne me rompez point la tête de „ vos droits, de vos privileges, pen- „ dant que vous voyez que je suis le „ plus fort, disoit Pompée aux Mamertins.

C L V.

Seroit-il bon que tous les Princes battissent monnoye au même titre? Non: cette uniformité nuiroit au commerce de banque, qui n'est fondé que sur la différence des especes & sur la connoissance du change? L'or & l'argent ne seroient plus, & signe, & marchandise.

CLVI.

Point de commerce plus négligé que le commerce de la mer noire : c'eſt le plus conſidérable de tous ; il produiroit 80, 100 pour 100. Les Hongrois qui ſont le plus à portée de s'en emparer, n'y penſent preſque pas. Ils pourroient aiſément l'enlever aux Turcs & aux Grecs.

CLVII.

La France eſt le ſeul Etat qui, par ſes reſſources & ſa fertilité, puiſſe faire impunément des fautes de commerce.

CLVIII.

Quel bien a produit la découverte des mines du Pérou ? Elles ont augmenté la quantité des ſignes de richeſſes : mais elles n'en ont pas augmenté le fonds.

CLIX.

Les mines du Pérou ont augmenté les richeſſes en ce qu'elles ont donné les commodités du luxe : nos Peres avoient le néceſſaire, le commode ; nous avons le ſuperflu, l'agréable, l'élégant.

C L X.

Quand finira donc ce commerce avec les Indes, qui épuiſe l'Europe d'hommes & d'argent ? Il finira quand il y aura aux Indes autant d'argent qu'en Europe ; & il y en aura autant quand les mines du Perou rendront quatre fois moins.

C L X I.

En Angleterre les entrepriſes de commerce tiennent au Parlement qui eſt immortel, en France au Miniſtere qui change tous les dix ans.

C L X I I.

Plus le commerce eſt partagé, plus il fleurit. Il faut donc que les Loix de ſucceſſion ayent peu d'égard au droit d'aineſſe dans les Villes maritimes.

C L X I I I.

Les vivres ſont un tiers plus chers à Londres qu'à Paris, non que Londres ſoit plus peuplé d'un tiers, ni d'un tiers plus riche que Paris; mais on peut en conclurre que les environs de Londres ne ſont pas auſſi fertiles que ceux de Paris, & même que l'Anglois eſt moins frugal que le François.

CLXIV.

Si l'eſprit de commerce continue à s'étendre, le Deſpotiſme s'affoiblira inſenſiblement. La liberté du commerce amenera la liberté politique. Les Princes eux-mêmes ſeront marchands; mais comme ils ne feroient que des profits modiques, s'ils étoient craints, ils détruiront tout ce qui pourroit produire la crainte, & pour devenir plus riches conſentiront à être moins puiſſants.

CLXV.

Dans les Monarchies, il eſt de l'intérêt du Prince que les compagnies maritimes ne s'enrichiſſent pas trop : le Monarque doit avoir toujours la faculté de contraindre, & il riſqueroit d'être contraint. De . . . . les maîtres de l'Etat, parce que Jacques . . . .

CLXVI.

Dieu ſeroit le plus mauvais de tous les Etres, s'il n'étoit pas le meilleur de tous. Si les Princes ne ſont pas les hommes les plus vertueux de leur pays, ils en ſont les plus méchants.

CLXVII.

En 1647. Mazarin défendit par Edit de parler d'affaires d'Etat. Défendre à un Peuple de causer de ce qui le concerne, défendre à l'opprimé de médire de la tyrannie, c'est ce qui fit deviner à Senneterre que le Royaume étoit perdu. On ne pouvoit critiquer Mazarin : il falloit donc l'anéantir. Permettre au Peuple de murmurer, c'est l'empêcher d'agir. Par-tout où il n'y a ni vaudeville, ni pasquinade, il n'y a point de liberté.

CLXVIII.

Quand l'autorité a été blessée, un esprit ferme veut la relever par la violence, un esprit sensé par la justice.

CLXIX.

La constitution de l'Eglise est Aristo-Monarchique. Le pouvoir législatif réside dans les Prélats assemblés. Le pouvoir de juger, de dispenser, d'expliquer, réside dans le souverain Pontife. La Puissance exécutrice réside dans tous les membres légitimement élus.

Mais comme tout Empire est sujet à des variations, le Pape a été quelquefois le premier Magiſtrat, quelquefois Deſpote.

CLXX.

Les Jéſuites ſont ſoumis au Gouvernement Monarchique, qui n'eſt nulle part auſſi parfait que chez eux. Le Général eſt à vie, de peur des révolutions; il peut être dépoſé, de peur de l'abus du pouvoir; il a des aſſiſtants, qui ſont tout enſemble ſes ſurveillants & ſes conſeillers; il eſt obéi ſans replique. Les différentes Provinces ont leurs aſſemblées nationales; les cahiers de celles-ci ſont envoyées au bureau d'Etat, où ils ſervent à former les décrets.

CLXXI.

Jamais Ordre Religieux, jamais Conquérant n'a trouvé de plus fortes oppoſitions: leur ſyſtême a triomphé de tout. Ce ſyſtême leur donne ce ſavoir qui éclaire le monde, & cette habileté qui le gouverne. Que doit-ce être dans le Paraguay? Comment ce chef-d'œuvre de légiſlation a-t-il pu ſortir du cerveau d'un Saint?

CLXXII.

Il eſt des cas où un Prince eſt obligé de

de s'élever au-dessus des loix, de les faire valoir ce qu'il veut, de les adoucir, de les violer. S'il est sage, il ne déchirera pas le tableau, il le tournera seulement.

CLXXIII.

Philippe de Commines dit : "il y a „ des Rois assez bêtes pour croire qu'ils „ ont pouvoir de lever deniers sur leurs „ peuples sans le consentement d'i- „ ceux : „ Montaigne découvroit en ce Seigneur-là un grand déchet de la franchise & liberté d'écrire qui reluit aux anciens de sa sorte. Quelle ame n'étoit-ce donc pas que ce Montaigne qui ne trouvoit pas Commines assez vrai?

CLXXIV.

Le défaut de la plupart des hommes d'Etat, c'est de s'arrêter trop tôt. Soit que les difficultés rebutent, soit que l'esprit s'attiédisse dans les détails, ou qu'il soit distrait par des objets nouveaux, les plus beaux établissements restent imparfaits, quoique leur perfection n'eut coûté qu'une pensée, qu'un ordre de plus; semblable à Sans... i, où l'on s'écrie à chaque pas: encore un louis, & ce morceau étoit parfait.

CLXXV.

L'Angleterre eſt une preuve bien frappante qu'une conſtitution inébranlable eſt un effet qui ne peut jamais être acheté trop cher.

CLXXVI.

Toutes ſes parties ſe tiennent, ſe réuniſſent, s'étayent mutuellement; c'eſt un grand arbre qui a autant de racines que de branches. Le hazard & les circonſtances ont fait ſucceſſivement cet ouvrage; & on le croiroit le fruit de la plus profonde méditation & de la méditation d'une ſeule tête.

CLXXVII.

On peut définir la conſtitution d'Angleterre, une conſtitution où tous peuvent tout.

CLXXVIII.

C'eſt une pyramide qui a une baſe fort large & un ſommet fort pointu; proportions qui rendent cette figure la plus ſolide de toutes.

CLXXIX.

Quelques-uns trouvent dans la conſtitution d'Angleterre la lenteur du Gouvernement républicain dans les opérations de la guerre. Le *voto* de crédit qui met le Prince en état de lever de l'argent, & le *voto* de confiance qui l'autorise à lever des troupes, remédient à cet inconvénient.

CLXXX.

Il est vrai que cette prérogative de la Couronne peut nuire à la liberté : les Cortes d'Espagne accorderent pour un an à leur Roi le pouvoir de lever des troupes & de l'argent ; & l'Espagne cessa d'être libre. Mais les Anglois ont des ressources que les Espagnols n'avoient pas.

CLXXXI.

Un Etat n'est immortel, que lorsqu'il a pour base de sa prospérité les principes mêmes de sa constitution.

CLXXXII.

Il faut que les Loix empêchent la constitution de vieillir, parce que la constitution ne rajeunit jamais.

CLXXXIII.

Nous ne regardons l'Angleterre que

comme un Pays de révolutions. Ces ſcenes, & ſi ſanglantes, & ſi utiles, nous révoltent. Ce n'eſt point à nous à concevoir le plaiſir qu'éprouve un Anglois, lorſqu'après s'être bien battu, il s'écrie comme François I. " Ah! je ſuis libre.

CLXXXIV.

Sa conſtitution reſſemble au ſyſtême planétaire, qui, ſelon Newton, a beſoin de temps en temps de cometes pour lui rendre ſa premiere vigueur & pour remonter les reſſorts de la nature.

CLXXXV.

L'Angleterre a été gouvernée par des tyrans, toutes les fois qu'elle ne l'a pas été par les Loix.

CLXXXVI.

C'eſt la richeſſe, c'eſt la liberté, qui donne au peuple Anglois ce cœur orgueilleux fait pour défendre l'une & l'autre.

CLXXXVII.

Les Anglois ont une excellente maxime: Un Prince vertueux n'a pas beſoin d'un grand pouvoir; un Prince vicieux n'en eſt pas digne.

CLXXXVIII.

Que l'Angleterre ait un Prince voluptueux & efféminé, elle n'en ſera que mieux gouvernée; il dépenſera tant pour ſes plaiſirs, comme Charles II, qu'il demandera des ſommes qu'il ne ſera pas en état d'acheter : l'Angleterre peut dire : “ c'eſt ces maigres & ces pâles „ que je crains.

CLXXXIX.

Les Anglois ſe ſouhaitent tous les jours un Prince tel que notre Henri IV. Leur liberté ſeroit en péril. Il ne leur faut point de ces Rois que les Ephores étoient obligés de condamner à l'amende pour avoir gagné le cœur des Citoyens.

CXC.

Le plus grand Roi qu'ait eu l'Angleterre, c'eſt Eliſabeth. Reſpectée de ſes voiſins, redoutée de ſes favoris, eſtimée de ſes domeſtiques, aimée des Anglois.

CXCI.

Un Peuple digne d'être libre a toujours droit de l'être, & trouve toujours les moyens de le devenir.

C X C I I.

L'Anglois ſera toujours libre, parce que, toujours heureux, il ſera toujours mécontent.

C X C I I I.

Un Peuple ſage ne peut être aſſervi par l'ennemi du dedans, ni un Peuple libre & inſulaire par l'ennemi du dehors.

C X C I V.

Que le Prince corrompe les repréſentants du Peuple, il fera paſſer des bills pernicieux, jamais des bills deſtructifs de la liberté. Walpole fait recevoir l'exciſe aux deux Chambres : elle n'en eſt pas moins renvoyées aux *longs jours*. L'Anglois eſt juge dans ſa propre cauſe.

C X C V.

Un Roi corrupteur a tout à redouter d'un Parlement vertueux, & un Parlement corrompu tout à redouter d'un Peuple incorruptible.

CXCVI.

Le Parlement ne peut annuller la constitution : il en est le défenseur, & non le maître. La constitution est la liberté du corps collectif du Peuple : il faut donc que le corps collectif travaille lui-même à sa destruction, & qu'il déchire ses entrailles de ses propres mains.

CXCVII.

Quatre choses conspirent contre la constitution d'Angleterre : la corruption, l'ambition, le Prétendant & le temps.

CXCVIII.

Le Parlement a dans le droit de faire le procès au Ministre, les moyens de venger la constitution & les moyens de la maintenir.

CXCIX.

Robert Walpole, le premier homme d'Angleterre, s'il n'en eut été le premier Ministre.

CC.

En... Allemagne lui... inspirerent

mille fausses démarches en Angleterre, jusqu'à....

C C I.

Les dissensions n'y sont jamais les douleurs d'une République, grosse d'un despotisme dont elle est prête d'accoucher.

C C I I.

En Angleterre la crainte réunit tous les Citoyens, qu'ailleurs elle fait trembler tous séparément.

C C I I I.

L'Anglois est le Peuple qui a le plus l'esprit de sa constitution, & le plus un esprit à soi.

C C I V.

Ce qui perd presque toutes les Républiques, c'est l'esprit de routine & l'habitude de l'obéissance. Les circonstances sont différentes; un nouvel instinct prend la place du raisonnement, & les loix ne changent point. La constitution s'altere, les altérations ne sont pas apperçues. L'Angleterre est immortelle, parce qu'elle a cette politique réfléchie sur elle-même, avec laquelle une société doit se tâter sans cesse.

C C V.

Un Etat tel que l'Angleterre peut avoir contre lui les cauſes particulieres; mais quelles reſſources dans les cauſes générales, cauſes invariables, au lieu que les particulieres changent ſouvent!

C C V I.

Il eſt plus aiſé à l'Angleterre de tomber d'un point de grandeur à un point de médiocrité, que d'un point de médiocrité au degré le plus bas.

C C V I I.

Poſez l'Anglois ſur le bord du précipice. La néceſſité vient à ſon ſecours, & répare ſes pertes. Il n'a plus a redouter la proſpérité qui énerve tout. La préſence du danger rallie tous les Citoyens! Et ſi cette réunion ne ſ[illegible]t pas, la liberté s'arme du déſeſpoir qui renferme tout ce que la vertu a de plus ſublime & de plus étonnant. Le Citoyen frémit, ſerre les dents, & entre dans ces convulſions héroïques qui faiſoient de ſi grandes choſes en Italie & en Grece.

C C V I I I.

Jamais l'Anglois ne ſera découragé,

Si l'Etat doit périr, dira-t-il, il vaut mieux qu'il périsse ce soir que ce matin.

C C I X.

Il est bon que la Couronne ait toujours des Partisans dans les deux Chambres. Sans cela, les Communes & les Pairs empiéteroient sans cesse sur ses droits; le troisieme pouvoir seroit détruit.

C C X.

Il est bon que les Anglois aiment la Royauté & haïssent leur Roi; car s'ils ne le haïssoient pas, ils le craindroient.

C C X I.

Que le Ministre ait le tarif de toutes les voix, la voix du Parlement, dès qu'il est corrompu, n'est pas la voix de la Nation.

C C X I I.

Tous les suffrages sont à vendre, comme toutes les vertus: mais où trouver de l'argent pour les payer?

C C X I I I.

Plus on corrompt, plus la corruption

coûte; & elle ne rend point à proportion de l'achat.

CCXIV.

De quel front un homme qui vingt ans de ſuite a déclamé contre la Cour, oſe-t-il parler pour le Roi? Ces variations deshonorent parmi nous: en Angleterre on en rit; & Pultney, devenu Mylord Bats & zélé partiſan du Miniſtere, ne perd point l'eſtime publique.

CCXV.

Qu'en Angleterre la liberté perde un défenſeur, elle en retrouve mille autres.

CCXVI.

Si les deux Chambres faiſoient à la Couronne une ceſſion formelle de tout le pouvoir légiſlatif, la conſtitution ſeroit détruite, mais la liberté ne le ſeroit pas: le Peuple conſerveroit ſes droits, & acquerroit celui de ſévir contre ſes repréſentants qui le trahiſſent, contre le Monarque qui ne pourroit invoquer la protection des loix qu'il anéantiroit, contre les Pairs qui ſeroient le lien de l'ambition de la Couronne & de la lâcheté des Communes, tandis qu'ils devoient n'être que les médiateurs de leurs différends, & les conservateurs de leur indépendance réciproque.

CCXVII.

Le Prince ne peut être jugé que lorsqu'il est évidemment coupable du crime de Léze-Liberté; & il n'en est coupable, que lorsqu'il accepte le don que le Parlement lui fait de la liberté publique.

CCXVIII.

Qu'un Ministre veille sur ses paroles. Il lui vaut mieux faire vingt sottises qu'en dire une.

CCXIX.

Les gens incapables d'exécuter les plus petites choses, sont souvent très-capables de conseiller les plus grandes. Ce sont des braves de cabinet. Ils ont de la lâcheté dans le cœur & du courage dans l'esprit.

CCXX.

Je voudrois bien que Bernoulli eût calculé s'il est plus avantageux d'être gouverné par le bon sens, que d'être gouverné par le génie.

CCXXI.

L'Allemagne ſoumiſe à un ſeul Prince, ſeroit ſans doute plus puiſſante; mais ſeroit-elle plus heureuſe?

CCXXII.

A voir l'Allemagne partagée en cent morceaux d'inégale grandeur, on diroit que c'eſt un drap ſur lequel cent enfants d'inégale force ſe jetterent après la mort de leur pere.

CCXXIII.

Peu de réputations ſtables. Qui n'auroit cru que le temps avoit déja mûri celle de Guillaume III! La réputation des Princes eſt comme la fortune des marchands; elle porte ſur le crédit.

CCXXIV.

Jamais de grand Miniſtre ſous un grand Roi. Qu'on ne me cite pas d'Amboiſe. Louis XII n'étoit pas un grand Roi: il étoit quelque choſe de plus; il étoit bon.

CCXXV.

Un Prince qui a un favori par beſoin, n'en doit avoir qu'un par prudence.

CCXXVI.

Dans un grand Empire il eſt indifférent qu'un Prince ait un favori ; mais tout eſt perdu, ſi ce favori eſt ſon premier Miniſtre.

CCXXVII.

Le favori d'un Prince imbécille eſt toujours le premier venu : ce premier venu, eſt ordinairement premier Miniſtre.

CCXXVIII.

Il faut voir les grands Rois, les adorer, & les fuir.

CCXXIX.

Le mérite de la plupart des Rois eſt de l'être : le défaut de quelques-uns eſt de l'être.

CCXXX

Expédient de finances. Partagez l'année en quatorze mois au lieu de douze dans les pays où l'on paye un tribut par mois.

CCXXXI.

Pour perdre un Etat, il ne faut qu'une indigeſtion à un Miniſtre.

CCXXXII.

Un Roi qui ne protégera pas les Nobles, ne favorisera pas ceux qui méritent de l'être.

CCXXXIII.

Pays esclaves que ceux où l'Etranger gouverne.

CCXXXIV.

La plus noble Maison du monde n'est la plus puissante, que parce qu'elle a su mieux qu'aucune autre ce que c'étoit qu'un Gentilhomme.

CCXXXV.

Il faut plus de lumieres pour imaginer une nouvelle branche de commerce, que pour s'y enrichir.

CCXXXVI.

Le Hobbéisme a fait un grand bien à l'Angleterre; car il a fait périr les Rois qui le pratiquoient.

CCXXXVII.

Hobbes a écrit en philosophe, Grotius en pédant, Machiavel en scélérat, Saint-Pierre en homme de bien, Fénélon en ſage, Monteſquieu en homme d'Etat.

CCXXXVIII.

Un Courtiſan qui loue ſon Prince, reſſemble preſque toujours à un amant qui dit du mal de ſa maîtreſſe.

S'il y avoit des Princes qui n'aimaſſent pas d'être flattés, que deviendroient les Courtiſans, eux qui ne ſavent que flatter?

CCXXXIX.

L'objet de Mr. Rouillé n'eſt pas de ſe rendre redoutable par mer, mais reſpectable; non de vaincre les Anglois en bataille rangée, mais de protéger le commerce; non de donner la loi ſur la Méditerranée ou ſur l'Océan, mais de ne la recevoir de perſonne.

CCXL.

Placée au milieu de l'Europe; d'une part dominant ſur l'Océan, & par la longue étendue & les détours de ſes côtes ſur les Mers de Flandre, d'Eſpagne, d'Allemagne; de l'autre tenant à la Méditerranée; la Barbarie vis-à-vis; l'Eſpagne à ſa droite; l'Italie à ſa gauche: ah! quelle ſituation, ſi la France ſavoit en en profiter, ou si l'Angleterre le lui permettoit!

CCXLI.

Que manque-t-il aujourd'hui à la France? Ce qui lui manquoit quand Don Antoine de Perez, Ministre d'Espagne, réfugié à Paris, disoit qu'il lui falloit trois choses : *Conseyo*, *Pelago*, *Roma* : un systême fixe, une marine respectable, une philosophie supérieure aux préjugés de Religion : le systeme pour l'élever, la marine pour l'enrichir, la philosophie pour la peupler. Jamais les François n'approcherent de plus près du bonheur attaché à ces trois avantages que sous ce regne. Sous Richelieu ces paroles signifierent les P. . . . . . . r . . . . confid. . . . . l . . . . . ll . . . . . s. . . . P. . . l. . . . P. . . . s. . . . . r. . . . .

CCXLII.

Il ne faut point qu'un Etat emprunte des Financiers dans les nécessités publiques, de peur d'être obligé, pour soutenir le crédit, de leur abandonner le Peuple. Les Financiers à qui l'on demande, exigent, avant que d'accorder de nouvelles sommes, des Edits qui les rembourſent des anciennes ; & alors les Financiers ſont les tyrans du Monarque & les légiſlateurs du Peuple.

CCXLIII.

Conciliez, s'il ſe peut, l'eſprit de commerce & l'eſprit de finance : en oppoſition, ils ruineront l'Etat. La grandeur des impôts anime d'abord l'induſtrie, enſuite la décourage, enfin l'accable. Le Sujet voit que ſon travail eſt utile au Prince, & qu'il lui eſt inutile à lui-même : il ne ſert qu'à payer les impôts ; il devroit ſervir à les mettre à couvert de la rigueur des impôts.

Le commerce du ſel, que Richelieu préféroit, & préféroit avec raiſon aux mines du Pérou, ce commerce ſi ancien, ſi étendu, eſt tombé, parce que l'eſprit de finance força Louis XIV, que les Financiers ſeuls pouvoient forcer, à l'aſſujettir à quelques taxes, mal-entendues, pour ne pas dire pis.

CCXLIV.

L'eſprit de finance ne nous eſt point naturel : il vient d'Italie. Les Reines Médicis nous apporterent l'art d'empoiſonner, & l'art de la maltôte encore plus funeſte. Les guerres civiles rendirent les Italiens néceſſaires : Philippe le Bel & Louis IX les avoient bannis comme des ſangſues : ils entrerent dans les premieres charges de la Cour, & affermirent leur fortune en donnant de l'éclat à leurs crimes.

C C X L V.

Pour mettre un frein à cet eſprit de finance qui envahit tout, il faudroit fixer un point où le Peuple ſeroit à ſon aiſe, un point où il commenceroit à être appauvri, & un point où il ſeroit opprimé. On pourroit ſe jouer entre les deux premiers, & réſerver le troiſieme pour ces néceſſités urgentes, qui ſont ſi rares quand l'adminiſtration eſt confiée à de bonnes têtes & à des mains pures.

C C X L V I.

La France eſt trop forte pour reſpecter toujours l'équilibre de l'Europe, & trop foible pour en opprimer la liberté.

C C X L V I I.

Il eſt impoſſible de calculer combien la France peut ſouffrir de défaites avant que de ſuccomber. Attaquée par un Annibal, trouveroit-elle des reſſources dans les causes générales de sa prospérité ? Et les causes particulieres, telles que le manque de Généraux, l'ignorance de ses vrais intérêts, ne seroient-elles pas souvent contre elle ?

CCXLVIII.

Le système de l'équibre fait qu'il n'y a en Europe que deux Puissances belligérantes. Les autres ne sont qu'auxiliaires.

Ce système lie tous les Etats, & communique à un seul les forces de tous les autres.

Une Puissance fait-elle un mouvement d'ambition ? toute l'Europe est en allarmes. Chaque Nation, dans le temps même qu'elle tend à son aggrandissement particulier, travaille à maintenir la sûreté générale. Un grand Prince n'opprime point impunément un petit voisin ; & le petit est soutenu par les forces de la Chrétienté entiere contre la foiblesse de sa puissance ou le vice de sa constitution.

Autrefois on détruisoit un voisin qu'on craignoit : aujourd'hui on veut l'affoiblir insensiblement ; & souvent avant que de l'avoir affoibli, on est affoibli soi-même, & par-là on est mis en regle.

Le voisin est toujours regardé comme ennemi ; delà les guerres : mais il est aussi regardé comme barriere ; delà la sûreté.

A peine un Etat a-t-il aujourd'hui des demi-succès ; s'il en a de complets dans la guerre, il n'a que de la gloire au Congrès.

C C X L I X.

Ce système de l'équilibre, si sensé, si simple, voyez avec quelle lenteur il a gagné. Il étoit inconnu aux Anciens. Annibal seul en avoit eu l'idée. " Que „ tous les Princes, disoit-il à Antio- „ chus, oublient leurs intérêts particu- „ liers. Rome, forte de leurs divi- „ sions, cessera de triompher. Annibal, Elisabeth, Henri IV, Richelieu, pensoient de la même maniere. Les idées des grands génies sont uniformes.

C C L.

Un calcul très-curieux seroit celui qui nous instruiroit des degrés de force que chaque Peuple met dans la balance de l'Europe.

La Russie n'est qu'un géant enchaîné ; on la craint plus qu'elle n'est à craindre : elle n'a que quatorze millions d'habitants, très-malheureux, & douze millions d'écus, encore très-mal administrés.

La Suede n'a pour tout bien qu'une constitution qui l'enrichira peut-être, & qui sûrement réparera le malheur de ses victoires.

Le Dannemarck a un petit commerce assez solide, une petite flotte très-bien entretenue, quarante mille hommes de terre presque tous mercénaires, & presque toujours battus, six millions de rixdales, un excellent Ministre, & un Roi très-sage.

La Prusse peut être renversée par un seul échec. Sa force est la force du Prince. Nul commerce : point de ressources.

La Pologne ne peut rien sans un de ces Sobieski qui sont si rares.

La politique de la Maison de Savoye est d'oublier dans les commencements de ses entreprises le systême de l'équilibre, de feindre de se le rappeller au milieu, & de s'en souvenir tout de bon à la fin. Par cette conduite, elle pourra toujours vendre ses troupes au plus offrant, faire rechercher son alliance pour la mettre à un plus haut prix, & par des traités avantageux s'aggrandir en Italie.

L'Eſpagne eſt un vieux arbre à qui il ne reſte plus que le tronc. Cet arbre ne recouvrera jamais ſes rameaux, parce qu'il ne reſte pas aſſez de ſeve dans la racine.

Le Hollandois n'eſt plus redoutable; car il n'eſt plus riche, depuis qu'il a ceſſé d'être le facteur de l'Univers. Quand le Stadhouderat lui aura enlevé les reſtes de l'induſtrie, il faudra rompre les digues, il ne ſera bon qu'à être ſubmergé.

La France a des reſſources infinies. Forte de l'appui de l'Eſpagne, elle peut prétendre à donner la loi à l'Europe. *Il n'y a plus de Pyrénées*, diſoit Louis XIV. Ce mot eſt admirable. Ce qui uniſſoit Vienne & Madrid, ce n'étoit pas la parenté, ce n'étoit pas le deſſein de mettre dans la Maiſon d'Autriche la Monarchie univerſelle; c'étoit la ſituation de leurs Etats, qui ôtoit toute eſpece de diviſion, parce que ces deux branches ne pourroient s'aggrandir l'une aux dépens de l'autre : & c'eſt une maxime, qu'il n'y a pas d'alliance plus étroite & plus ſolide que celle qui eſt fondée ſur une impoſſibilité réciproque de ſe nuire. Ce qui unit ſous les Bourbons Madrid & Verſailles, ce n'eſt point le lien du ſang, c'eſt le démembrement de la Monarchie Eſpagnole. Si l'Eſpagne eût gardé l'Italie & les Pays-Bas, elle ne ſe ſeroit occupée que de ſes anciennes diſgraces que la France lui avoit cauſées. En les perdant, elle a été forcée de ne s'occuper que des nouvelles que lui cauſoit la Maiſon d'Autriche; elle a dû néceſſairement s'unir à la France, & avoir les mêmes ennemis, puiſqu'elle avoit les mêmes intérêts.

Le Royaume de Portugal n'a pas plus de part aux affaires de l'Europe, que le Royaume d'Yvetot ou de Breadfort.

Les Cantons Suiſſes n'y entrent & n'y peuvent entrer qu'en qualité de marchands d'hommes.

C C L I.

Autrefois toutes les guerres étoient des guerres de conquête : aujourd'hui elles ne ſont plus que des guerres de chicane & de commerce. En 1726 les Anglois en firent une ſinguliere à l'Eſpagne. Leurs Amiraux avoient ordre de ſaiſir les galions Eſpagnols, de mettre le ſcellé aux effets, de les amener à un port de la Grande-Bretagne, où l'on feroit la répartition des marchandiſes entre

entre les intéressés de toutes les Nations, la portion du Roi d'Espagne mise en sequestre jusqu'au liquidement des sommes dues ou prises par des armateurs Espagnols. Ce plan de guerre eût été ridicule il y a cinquante ans.

CCLII.

Le projet favori de Cromwel étoit la conquête de l'Amérique sur les Espagnols. Il échoua, heureusement pour les Espagnols & pour les Anglois.

CCLIII.

L'Espagne seroit le plus puissant Royaume du monde, si au lieu de transporter des Espagnols en Amérique, elle avoit transporté des Negres & des Américains en Espagne.

CCLIV.

Il vaudroit mieux que le Roi d'Espagne se transportât avec tous ses Sujets en Amérique, & y établît un nouvel Empire, que d'en continuer le commerce. Il regneroit sur trente millions d'hommes placés dans le Pays le plus fertile: il leur apprendroit les Arts des Européens. C'étoit le Projet de Philippe V. Un bon Espagnol doit souhaiter que le temps ramene les mêmes conjonctures, & que la nécessité force le Prince à cette émigration.

C C L V.

En fait de politique, point d'erreur légere : & parmi les équivoques politiques, il n'en est point de plus commune, ni de plus funeste, que celle qui confond la constitution & le Gouvernement.

La constitution est ce corps de Loix & de Coutumes, établies sur certains principes fixes de raison, dirigées à certains objets fixes de bien public, suivant lesquels un Peuple a voulu ou a consenti d'être gouverné.

Le Gouvernement est cet ordre particulier de conduite, que le premier Magistrat, & les Magistrats subalternes sous sa direction & son influence, tiennent dans l'administration des affaires publiques.

Un Pays peut donc avoir une bonne constitution & un mauvais Gouvernement, un bon Gouvernement & une mauvaise constitution.

Quand le Gouvernement exécute les Loix, observe les Coutumes, respecte les anciennes Institutions, suit exactement les principes, le Gouvernement eſt parfait.

C C L V I.

Quand il néglige les premiers objets de la conſtitution, ou qu'il en dirige les principes à d'autres fins, quand il viole la Loi par foibleſſe, la corrompt par artifice, ou la détruit par force, il eſt tyrannique, &c.

C C L V I I.

Il n'y eut jamais ſous le Ciel de plus beau ſpectacle que de voir l'Impératrice-Reine aux priſes avec le Roi de Pruſſe.

C'étoit tous les talents & toutes les vertus, contre tous les talents & toutes les vertus.

F I N.